강화학개론

빈형 게임 판타지 장편소설

WISHBOOKS FANTASY STORY

강화학개론 2

빈형 게임 판타지 장편소설

초판 1쇄 찍은 날 | 2017년 6월 14일
초판 1쇄 펴낸 날 | 2017년 6월 21일

지은이 | 빈형
펴낸이 | 예경원

기획 | 위시북스
편집책임 | 박우진
편집 | 이즈플러스

펴낸곳 | 예원북스
등록번호 | 제396-2012-000132호
등록일자 | 2012. 7. 25
KFN | 제1-113호

주소 | 경기도 고양시 일산동구 호수로 646-24 위너스21 II 빌딩 206A호 (우)10401
전화 | 031-819-9431 팩스 | 031-817-9432
E-mail | yewonbooks@naver.com

ISBN 979-11-6098-323-4 04810
979-11-6098-321-0 (set)

※ 이 도서의 국립중앙도서관 출판시도서목록(CIP)은 서지정보유통지원시스템 홈페이지(http://seoji.nl.go.kr)와 국가자료공동목록시스템(http://www.nl.go.kr/kolisnet)에서 이용하실 수 있습니다.

강화학개론
빈형 게임 판타지 장편소설
WISHBOOKS FANTASY STORY
2
Wish Books

강화학개론

CONTENTS

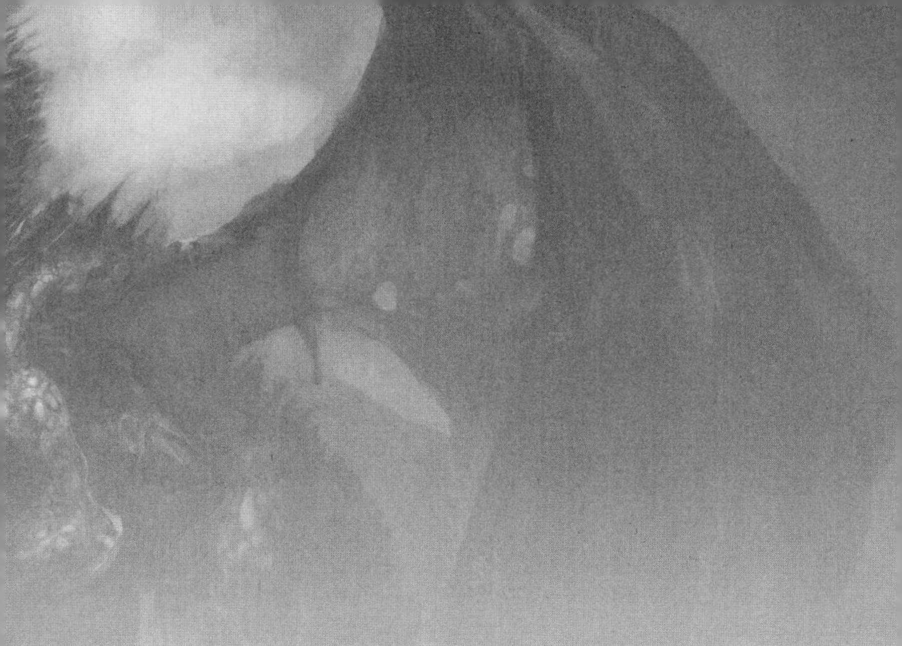

Episode 6.

이걸 강화하면 어떻게 될까

1

"유저가 언제 죽는 줄 알아?"

"……."

사악한 미소와 함께 귓가를 간질이는 악마의 속삭임!

"몬스터에게 비굴하게 쳐 맞았을 때? 아니!"

"……."

왠지 낯익은 대사들이 심기를 불편하게 만들어 거부하고 싶지만 누구도 쉽사리 속마음을 내보이지 못했다.

"어제 비싸게 무기를 샀는데 오늘 보니 똥값이 되었을 때? 아니!"

"……."

누가 저 새끼 입 좀 다물게 해봐!

침묵 속 오가는 눈빛이 다급하게 외쳤지만 역시 변하는 건 없었다.

한시민!

진홍빛 단검이 하나 남은 힐러를 인질로 잡고 있었기에.

"바로 초보자 딱지도 떼지 못한 쪼렙한테 한 방에 뒤질 때지!"

"……."

"왜? 뭐! 그 눈빛들은 뭐야? 하나 남은 힐러마저 잃고 48시간 동안 손가락 빨면서 유적 레이드 기다리고 싶은 표정?"

"아, 아니다!"

죽음을 앞둔 힐러가 가장 다급하게 외쳤고 나머지 유저들은 인상을 잔뜩 찌푸린 채, 정설아를 주위로 둘러싸고 있던 포위망을 풀었다.

물론 거리만 살짝 벌렸을 뿐 언제라도 덮칠 수 있는 간격!

"서로에게 좋지 않을 짓은 그만하지. 네가 힐러를 죽인다면 우리도 너의 길드원들을 죽일 것이다."

인질로 잡힌 힐러의 파티가 아닌 유저가 협박했다.

게임하며 마주칠 일 전혀 없는 파티의 힐러가 인질로 잡혀 있는데 그들이 인상을 찌푸리고 있는 이유는 단 하나. 이미 그들 길드 소속의 힐러는 죽었기 때문!

덤으로 마법사까지 1+1으로 48시간 강제 휴식을 위해 로그아웃하는 바람에 그들은 싸움에서 이겨도 손가락 빨며 페널티 시간을 기다릴 수밖에 없다.

마음 같아선 남은 하나의 힐러가 죽든 말든 달려 나가 저 모가지를 따고 싶지만.

'다섯의 유저가 죽은 것도 모자라 힐러와 마법사까지 죽였어.'

'미친. 생각보다 템빨이 심하잖아?'

'대체 직업이 뭐야?'

'강화사라 알고 있었는데…….'

괜히 화풀이한다고 나섰다가 힐러와 마법사 뒤를 이어 48시간 동안 요양할 마음은 없다.

그건 남은 열 명 조금 넘는 유저의 공통적인 생각!

해서 게임임에도 순순히 인질범의 요구를 들어주었다.

"역시. 이래서 사람은 교육이 중요해. 이런 무법지대에서도 인질의 목숨을 위해 모두가 노력해 주다니. 님들끼리 뭉쳐서 유적 레이드하면 성공할 수도 있을 듯?"

"……."

강화한 방어구와 무기가 유저들을 상대로도 엄청난 효율을 보인다는 것에 들뜬 한시민이 뇌를 거치지 않은 생각을 그대로 내뱉으며 손을 휘저었다.

그러자 자연스럽게 갈라지는 무리!

사이로 스페셜리스트가 걸어 나왔다.

"무슨 이산가족 상봉도 아니고……."

강예슬이 어이가 없는지 헛웃음을 지으며 말했다.

수긍하는 듯 정설아와 정현수도 고개를 끄덕였다.

애초에 한시민은 메인 퀘스트고 뭐고 관심도 없었다. 그냥 심심해서 왔을 뿐인데 그를 본 유저들이 건수를 잡아 겁박했고 지금의 상황이 연출됐다. 결과만 놓고 본다면 유저들 스스로의 헛짓으로 인한 자승자박!

권선징악!

"이제 풀어줘라."

스페셜리스트가 무사히 한시민과 합류하자 반대로 저쪽에서 힐러의 안전을 요구했다.

혹여 힐러의 생명을 도외시한 채 공격을 감행했다가 내분이라도 일어나면 모두가 죽어 나가기에 참고 있던 유저들의 분위기는 험악했다.

마지못해서라도 풀어줘야 할 것 같은 기분!

그들의 진심은 오롯이 한시민에게 전달됐다.

아주 풍성하게!

흘러넘칠 지경까지 받았기에 되돌려 주지 않으면 안 될 것 같아 고개를 끄덕였다.

그래, 돌려줘야지.

푹!

"……!"

"뭐 하는 짓이야!"

하나 물질적으론 빈곤하기에 받은 마음만 한가득 담아 다시 돌려줬다.

딜러와 탱커의 방어력마저 뚫어버리는 단검이다.

마력만 잔뜩 찍은 힐러의 가녀린 목 따윈 한 방에 치명상이 뜨며 사망에 이르렀다.

다시금 향하는 눈빛들은 허탈했다.

전투는 끝났다.

누가 이기든 살아남은 유저들은 48시간을 기다려야 한다.

판타스틱 월드에서 힐러란 그런 존재다.

"……이런 시발!"

"개 같은 새끼!"

"비겁한 놈!"

자연스럽게 허탈함은 분노로 바뀌었다.

"후후!"

있는 욕 없는 욕을 다 먹은 한시민이 만족스럽게 웃었다.

저런 순수한 영혼들을 봤나! 역시 아직 사회는 썩지 않았어.

"……악마."

"응?"

"아냐."

왠지 뒤에서도 강예슬의 이상한 말이 들린 것 같은 기분이 들었지만 한시민은 떳떳했다.

게임이지 않은가!

시비도 저쪽에서 먼저 걸었다.

게다가 여전히 싸움에 걸린 보상은 최상위권 유저들이 모든 걸 투자할 만큼 가치 있는 레이드 순서!

수단과 방법을 가릴 필요가 없다.

“제가 몸빵 할 테니 쓸어버리죠.”

“네.”

정설아가 은은한 미소를 띠며 무기를 뽑아 든 채 나섰다.

‘역시 내 판단은…….’

틀리지 않았어.

여전히 숫자는 저쪽이 많지만 이제는 확신할 수 있다.

이긴다.

힐러가 있고 없고의 차이는 감히 비교할 수 없는 전력의 차이를 가져온다. 그건 레벨이 오를수록 더 심해질 테고.

그런데 스페셜리스트에겐 괴물까지 있다.

랭킹 최상위권 유저들의 공격을 맞고도 멀쩡할 수 있는 방어구에, 한 방에 갑옷을 뚫어버리는 진홍빛 단검까지!

저게 초보자용 하급 단검이라는 사실을 차라리 몰랐으면 하는 바람이 가끔 드는 것만 빼면 완벽한 공수!

팟–

잡념을 떨친 채 달려 나갔다.

뒤에 든든한 동료가 있다 해도 버스 타는 건 그녀의 성격에 맞지 않는다.

이제라도 보여주리라.

숨겨두었던 비장의 카드.

"죽여!"

"딜러 먼저 죽이면 그래도 승산이 있을지 몰라!"

달려 나오는 정설아를 보며 분노하던 유저들이 이를 갈았다.

이왕 이렇게 된 거 혼자 죽을 순 없다!

유적 레이드 순서 정하기는 48시간 뒤에 다시 한다.

아까와 달리 죽음을 각오한 유저들의 움직임은 거침없었다.

힐러의 역할은 어디까지나 전투 지속력을 책임지는 것이지 그들이 없다고 딜러 개개인의 폭발적인 위력은 어디 가지 않는다.

"내려치기!"

"강하게 찌르기!"

"참격!"

온갖 스킬이 정설아에게 쏟아진다.

그녀의 방어구 역시 가죽이지만 한시민의 것처럼 번쩍거리진 않기에 허용한다면 상당한 타격을 입을 공격들!

하지만.

타타탓-

"……!"

"……!"

정설아가 예상치도 못한 타이밍에 발을 박차고 뛰어올라 그대로 회전하더니 허공을 다시 한번 박차고 뒤로 이동했다.

한 바퀴, 두 바퀴!

말도 안 되는 곡예는 인간이라면 피하기 힘든 공간으로 찔러오는 공격들을 아예 회피해 버리는 상황을 만들어버렸다.

"와!"

감탄이 절로 나오는 판단!

그리고 순발력.

누가 감히 저기서 저 타이밍에 저런 식으로 피하리라 예상했겠는가.

일반적인 삶을 살아온 이라면 '그게 돼?'라는 의문을 가질 것이고 그런 의문을 갖는 아주 짧은 시간 동안 분노한 유저들의 공격이 몸을 꿰뚫었을 테다.

하나 그녀는 그걸 해냈고 비장의 카드를 꺼낼 좋은 무대를 마련했다.

눈앞엔 온통 빈틈투성이의 유저로 가득하다.

저들이 허접한 게 아니다. 그녀의 수준이 워낙 높을 뿐!

우웅!

13강의 황금빛 장검이 낮게 울음을 토해냈다.

오라와는 별개로 스킬을 만들어내는 마나의 기운이 강렬하게 존재감을 드러냈다.

대상은, 타깃을 잃고 허공에 무기를 휘두르는 자들!

그들은 온힘을 다해 가진 모든 것을 쏟아냈고 실패했으니 대가를 치를 차례다.

“파이어 볼.”

찰나의 순간.

시간마저 멈춘 듯한 결정적인 찰나!

그녀가 속삭였다.

그리고 마나는 그녀의 속삭임에 응답했다.

훙-

황금빛과 뒤섞인 염화는 그대로 휘둘러졌고.

콰콰콰콰쾅-!

세상을 뒤흔드는 폭발과 함께 화려한 신고식을 선보였다.

“……시바, 저거 뭐야.”

지켜보던 대륙의 다섯뿐인 레전더리 직업 보유자가 울었다.

천지가 뒤집히거나, 달려오던 열 명 가까이 되는 유저가 한꺼번에 로그아웃당했다거나 하는 어마어마한 일은 벌어지지 않았다. 만약 그랬다면 애초에 정설아가 둘러싸이는 곤란한 상황은 벌어지지 않았을 테니까.

하지만 분명한 건 그녀의 숨겨둔 카드는 충분한, 아니, 넘쳐흐를 만큼의 효과를 보였다는 것이다.

"……꼬맹아, 저거 뭐냐."

저도 모르게 강예슬에게 물었다.

호칭 따윈 신경 쓸 겨를도 없었다. 저 말도 안 되는 위력에 대한 설명이 필요할 뿐!

"후훗, 우리 언니 유니크 직업 얻었지롱."

"……뭐?"

"마검사 하겠다고 시작부터 스탯 아끼더니 15레벨 되고 전직하러 갔다가 우연히 어찌어찌 전직하게 됐다나?"

그리고 설명은 한시민에겐 커다란 충격으로 다가왔다.

"……."

"신기하지? 레전더리였으면 우리 길드에서만 벌써 둘을 가져가는 건데. 아깝다."

그녀의 아쉬움에 동참해 줄 수 없다.

지금의 광경을 본 사람이라면 누구라도 공감할 수밖에 없는 상황!

'아니, 차라리 레전더리라고 해줘.'

고작 유니크 등급의 직업이 저래?

아무리 마검사라고 해도, 상대 유저들이 너무나도 무방비 상태로 때려달라고 몸을 내던지다시피 했다고 해도 그렇지! 한 번 공격에 다섯이 치명상을 입고 나머지도 물러서게 만들다니. 제정신이 아닌 직업이잖아.

무엇보다 마음에 안 드는 건 따로 있다.

"……파이어 볼 따위가 저렇게 세다니. 이건 밸런스 붕괴야."

이름만 파이어 볼일 테지만 억울했다.

남이 하면 불륜!

한시민은 무덤덤해질 때쯤 닥쳐온 직업의 무능함에 한숨을 내쉬었다.

어디까지나 정설아의 상황 판단과 방심을 유도한 뒤 내지른 비장의 일격이 통했다는 걸 잘 알지만…….

'미친 컨트롤을 뒷받침할 능력까지 생기다니.'

왠지 모르게 진홍빛 단검이 초라해 보였다.

휘두를 때마다 유저들이 픽픽 쓰러지면 뭐하나! 게임에서 제일 중요한 간지가 없는데!

"하아."

유적 레이드를 성공할 이런저런 대비책 중 가장 중요한 게 저거였나 보네.

하긴, 아무리 돈이 많다 하더라도 현재 유저들이 구할 수 있는 것들엔 한계가 있다.

더 많은 돈을 쏟아붓는다면 모르겠지만, 그렇게 되면 효율을 넘어서 낭비가 될 테고. 하지만 저런 잠재력을 가진 직업을 정설아가 다룬다면 레벨이 10 이상 차이 나는 네임드 몬스터 레이드도 가능성을 점쳐 볼 만하다.

밥상만 열심히 차린 기분이 마냥 느낌만은 아닐 것이다.

스턴에서 벗어나 휘청거리는 유저들을 보자니 화가 치밀어 올랐다.

난 왜!

“레전더리인데!”

이런 개떡 같은.

공격 스킬 하나 없는 게 말이 되냐!

슥-

분노를 담은 단검이 허공을 갈라 일어서고 있는 유저의 가슴팍에 박혔다.

“컥!”

갑작스러운 날벼락과 함께 퇴근하는 유저.

역시 파괴적이고 위력적이다.

“……하나도 안 멋있잖아.”

하지만 정설아만큼의 이펙트가 없다.

캐릭터 자체야 누구보다 화려하고 압도적이지만 원래 남의 떡이 더 커 보이는 법!

“나도 전투 계열 레전더리 직업이었으면…….”

애초에 강화를 배우기 전에 그런 계열의 직업을 얻었더라면 이런 일도 벌어지지 않았을까.

상상은 망상을 낳았다.

그러다 이내 현실을 자각했다.

“그래, 시민아. 정신 차려. 뽀대 생각하다 집안 살림 거덜

난다.”

거덜 날 살림도 없지만 안 되는 걸 원하다 보면 본인만 힘들다.

매번 정설아를 만날 때마다 느끼는 부러움 따위!

돈이나 벌자!

결연한 눈빛의 한시민이 단검을 회수하며 앞으로 나섰다.

자신을 가져 달라고, 소유권을 빨리 악덕 주인들로부터 찾아달라고 애원하는 아이템들이 저기 누워 있다.

“쯧쯧. 저 오빠도 제정신이 아니야, 역시.”

괜히 날 찬 게 아니구나.

옆에서 강예슬이 합리화하며 혀를 찼다.

그 옆에선 정현수가 오늘의 전투를 곱씹으며 골드 주머니를 꺼내고 있었고.

“우리 먼저 레이드할 테니 방해하고 싶으면 맘대로 해라! 으하하하! 니들이 방해하러 올 때쯤엔 두 번째 시나리오 퀘스트가 진행 중이겠지만!”

얄미운 한시민의 인성과 함께 4 대 20의 전투는 막을 내렸다.

2

유저로 바글거리던 사막 초입부가 아이템으로 대체됐다.

“이게 얼마야…….”

한시민이 감격에 몸부림쳤다.

그래, 그깟 컨트롤이 대수냐. 먹지도 못할 그림의 떡에 침 흘리느니 당장 눈앞의 돈이나 잘 챙기자!

흔한 공격 스킬 하나 없는 쓰레기 같은 직업이라는 배부른 소리가 쏙 들어갔다.

지금은 그런 소리를 할 때가 아니다.

공과 사를 벨 듯 구분하는 한시민이 전투 시작부터 지금까지 통틀어 가장 진지한 표정으로 시선을 옮겼다.

"정산하죠."

"……."

셋이 어색하게 웃었다.

그리고 강예슬이 그들의 생각을 대변해 말했다.

"오빠, 그렇게 다 끌어안고 혼자 갖고 싶다 말하기 있어?"

"내가 언제!"

뻔뻔하게 소리치면서도 아쉬운 눈빛은 여전히 아이템들을 향한다.

죽으며 떨어뜨리는 건 랜덤이지만, 이곳에 쌓인 아이템은 하나같이 메인 퀘스트를 깨기 위해 모인 유저들의 것.

끼고 있던 아이템들 중 잡템의 비율이 낮으니 대부분 골드 단위에, 비싼 건 수십 골드였다.

그게 스물이니 전투 때보다 진지할 수밖에!

마음 같아선 혼자 다 먹고 싶지만 한 번 보고 안 볼 사이도 아니기에 계산은 확실히 하기로 했다.

게다가 눈앞의 셋이 여기 떨어져 있는 아이템보다 훨씬 가치 있지 않은가!

그가 본 씀씀이만 해도 이런 잡템들 따윈 들고 다니기 귀찮다고 버릴 위인들이다.

해서 기대하며 침을 삼켰다.

'이거면 환전해서 고기 좀 먹으러 가도 되겠다.'

다음 달에 나갈 돈은 이미 반지를 팔아 마련했기에 가능한 일.

"고마워요. 이번에도 시민 씨 덕분에 이익을 많이 봤네요. 어차피 시민 씨가 죽이신 거니까 다 드세요."

"오오!"

정설아가 피식 웃으며 소망을 들어주었다.

강예슬과 정현수 역시 지분을 주장할 법도 하건만 고개를 끄덕였다.

"마법 주머니에 저런 걸 넣고 다닐 공간도 없지."

"오빠! 대신 내 지팡이 좀 강화해 줘."

이 얼마나 훈훈한 분위기란 말인가!

감동에 겨운 한시민이 그대로 아이템들을 끌어안았다.

'역시! 저 괴물들은 이런 잡템들 따위 신경도 안 쓰는구나.'

물론 같은 길드라는 점과 정현수가 말했듯 중요한 레이드를 앞두고 마법 주머니에 아이템을 넣을 공간이 없던 점, 그리고 한시민의 능력은 이 정도 호의를 베풀어도 될 만큼 훌륭하다는 점이 밑바탕에 깔려 있겠지만 그걸 감안해도 요즘 같은 세상에 이런 인심이라니!

"역시 목숨 걸고 도와준 보람이 있네요."

고마움을 생색으로 보답하며 마법 주머니에 아이템들을 넣기 시작했다.

하나, 둘…….

산더미처럼 쌓여 있던 아이템들이 사라지기 시작하더니 이내 바닥을 보였다.

하지만 그뿐.

한시민의 마법 주머니는 유저들이 흘리고 간 아이템들을 전부 수용하지 못했다.

"이런."

역시 좁군.

좁을 것 같긴 했다.

"흠."

어떻게 하지?

입고 가거나 들고 가기엔 거추장스러운 것들이다.

"비싼 것만 넣고 버려 그냥."

지켜보던 강예슬이 현재 상황에서 가장 적합한 대안을 제시해 주었다.

전부를 챙길 수 없으면 가치 순으로 들고 가는 게 정답!

하지만 한시민은 고개를 저었다.

"말도 안 되는 소리."

기본 1골드가 넘는 아이템들이다.

현금으로는 10만 원, 아니, 저런 괴물들이 미친 듯 골드를 구매하는 탓에 11만 원으로 오른 상황에서 어느 하나라도 포기할 순 없다.

잠시 고민하다 결연한 표정으로 마법 주머니에 손을 넣더니 돌멩이를 꺼냈다.

"……?"

"……?"

뭐 하려고 저러지?

의문은 뒤이어 나오는 모루와 망치가 알려주었다.

"안 돼!"

"잠시만, 시민 씨!"

강예슬과 정설아가 서둘러 외쳤다.

흔들리지 않는 눈동자가 그녀들에게 향했다.

나는 죽어도 이 마법 주머니를 강화하겠어!

강한 의지에 움찔했지만 그녀들도 물러서진 않았다.

조금만 생각해 보면 저 행동이 무슨 결과를 불러일으킬지 쉽게 예상할 수 있다.

지금까진 급박하게 돌아가는 상황에 신경 쓸 겨를이 없었지만 한시민이 이곳까지 온 이유를 생각해 보면 의도와 벗어나는 강화를 두고 볼 수만은 없다.

"강화석 몇 개 가져왔어요?"

"32개요."

대답하면서도 발은 착실히 명당을 찾아 움직인다.

"……그 마법 주머니는 몇 강 하실 건데요?"

"저기 아이템들이 다 들어갈 때까지요."

그러다 모루를 모래 위에 내려두고, 마법 주머니를 올린 채 망치를 두드린다.

"하앗!"

1강이기에 가벼운 기합만이 들어간 강화!

말리기도 전에 빛이 터져 나왔다.

"오호."

두세 개의 아이템이 더 들어갔다.

강화를 통해 마법 주머니의 용량이 느는구나!

이론이 실험을 통해 입증되었으니 남은 건 실전뿐!

"10강 해볼까?"

"시민 씨!"

다급한 목소리가 들려왔다.

또다시 망치를 두드리기 전에 정설아가 지금의 상황을 어필했다.

"죄송한데 저희가 강화석을 안 가져와서……."

"아!"

그제야 한시민이 정신을 차렸다.

"맞다, 나 강화하러 온 거였지."

"……."

눈앞에 훌륭한 호갱님을 두고 헛돈 쓸 뻔했네!

여전히 넣지 못한 아이템들의 처분에 관한 문제가 남아 있긴 했지만 현실을 자각하며 자연스레 방법을 찾았다.

'강화석을 쓰면 자리가 나오겠지.'

큰 부피를 차지하진 않지만 무려 32개다.

한 공간을 차지하고 있는 강화석들을 쏟아내며 몸을 풀었다.

"후!"

도착하자마자 이상한 상황에 휩쓸리는 바람에 정신이 없었지만 어찌 됐든 부수입 창출과 고객님들의 생존을 도와 호의를 사는 데 성공했다.

남은 건 수금!

자연스럽게 자리에 앉아 돗자리를 편다.

"자자, 골라! 골라!"

그리고 드러내는 장사꾼의 본능!

세 쌍의 황당한 시선은 일국의 국왕 앞에서도 당당했던 철판을 뚫지 못했다.

"개당 2골드! 사막에선 절대 구할 수 없는 강화석. 싸게 팝니다!"

"……2골드?"

"이런 사기꾼!"

반발이 빗발쳤지만 미동 따윈 없었다.

"이런. 장사 원투 데이 하는 것도 아니고 왜들 이러실까. 성에서 여기까지 강화석들을 들고 오느라 얼마나 고생했는데. 거기다 당장 강화가 필요하지 않나요? 수요 공급의 법칙에 따르십시오!"

오히려 유저라서 더 노골적으로 말할 수 있다. 알 거 다 아는 사이니까!

"그리고 강화해서 안정적으로 유적 레이드 성공하면 좋은 거 많이 먹잖아요. 투자라고 생각하세요, 투자."

"……도둑놈."

"뭐라고?"

"아냐."

어려서부터 대기업의 갑질을 직접 보며 자라온 강예슬이 혀를 찼다.

한시민을 그녀의 그룹에 입사시키는 건 어떨까. 그룹 발전을 위한 획기적인 방법이 아닐까.

쓰레기 기업이라는 낙인 정도는 감수해야겠지만.

"예슬아, 강화할 거야?"

"저거 사서 강화하게?"

"네가 안 하면."

강예슬의 투덜거림은 오래가지 못했다.

안타깝게도 정설아는 한시민의 편이었기에. 폭리를 취하는 게 맞지만 그녀에게 있어 돈 몇 푼보다는 그에 대한 고마움과 나름 논리적인 이야기가 옳게 느껴지니까.

"첫 번째 메인 퀘스트를 독점한 뒤 치고 나가면 그동안 지출은 메울 수 있어."

"칫."

이러니저러니 해도 결국 금수저들이다.

일반적인 유저라면 상식적으로 재료비가 두 배 뻥튀기 되는 사기에 값을 지불할 리가 없지만 이들은 저레벨부터 강화에 천만 원이 넘는 돈을 아무렇지 않게 바르는 이들!

거기다 슬쩍 한 걸음 내딛는 정현수를 보는 순간 고민이 끝났다.

"안 돼! 나부터야! 다 비켜!"

자신을 두 번이나 까버린 한시민에게 토라져 있던 심술이 풀렸다. 삐짐보단 화려한 이펙트가 훨씬 매력적으로 다가왔으니까.

단지 예쁘고 남들이 쉽게 하지 못하는 직업이라는 이유만으로 신전에 엄청난 돈을 퍼부으며 힐러로 전직한 그녀이기에 가능한 일!

"31개 다 내 거야."

"……31개를 다?"

순간 한시민의 시선이 돗자리에 깔린 돌덩이들에게 향했다.

진짜 31개를 다 산다고?

하나에 1골드씩 샀으니 2골드에 팔면 62골드다. 열 개 정도 쓰면 다행이라 생각했었는데…….

의심스러운 눈초리가 그녀를 훑었다.

입은 게 나름 고급스러워 보이긴 하는데.

"정말이지?"

"응!"

강예슬이 당당하게 어깨를 폈다. 작은 체구에 비해 자신감 넘치는 가슴이 그녀의 매력을 어필했다.

물론 한시민에겐 통하지 않았다.

"너 급식충 아니야?"

"아니! 날 뭘로 보고. 너무한 거 아냐?"

강예슬이 발끈하며 골드 주머니를 꺼내 열었다.

순간 해제되는 봉인!

"헉!"

황금빛 골드들의 등장에 한시민의 무릎이 절로 꿇어졌다.

돈 앞에선 언제든 을이 될 준비가 된 남자, 한시민!

강예슬을 언제 무시했냐는 듯 공손해졌다. 그리고 내밀어지는 두 손.

"손이 말하는 거 같아. 돈 내놓으라고."

"그럴 리가."

아마 느낌적인 느낌만은 아니겠지.

골드를 뚫어져라 쳐다보고 있으니까.

강예슬의 손이 주머니 속으로 들어갔다 나온다.

고사리 같은 작은 손에 한 움큼 쥐어져 나오는 골드.

“잉?”

“부족한데?”

골드의 개수는 한시민의 두 손을 채우지 못했다.

당황한 손이 다시 주머니 속으로 들어갔다.

“……없네? 다 썼나 봐.”

“그래?”

“응.”

일상생활에서 가볍게 나누는 대화 같은 분위기.

한시민이 손에 얹어진 100골드를 주머니에 집어넣으며 말했다.

“그럼 일단 이만큼만 해줄게.”

다시 돌려준다?

그런 착한 장사꾼이 어디 있나!

100골드면 그래도 강화석 값과 일정량의 강화 비용 정도는 되니 일단 먹는다!

숫자의 단위가 작아서 그렇지 현금으로 따지면 헉 소리가 나올 금액.

그래도 이미 쥐어본 경험이 있기에 호들갑 떨지 않았다.

“강화석 값 62골드 빼고 38골드. 뭐 강화해 줄까?”

"우선 이거!"

강예슬도 별생각 없는지 무기를 내밀었다.

20레벨을 넘기고 신전에 또 한 번 막대한 기부금을 내서 얻어낸 순백의 사제용 지팡이!

"와, 비싸 보인다."

15강 단검을 쥔 한시민이 저도 모르게 감탄이 나올 정도.

"헤헤. 200골드 정도 기부하니까 주던데?"

"……."

200만 원 아니고 200골드?

황당한 한시민의 시선이 정설아에게 향했다.

"얘 혹시 금수저예요? 부모님이 건물 몇 채 가지고 있거나……."

아무렇지 않게 던진 가벼운 질문이었다.

순수한 궁금증! 진짜일 거란 생각은 별로 하지 않은 상태!

본인에게 직접 물어도 되지만 왠지 묻기 꺼려진다.

자기 입으로야 무슨 말인들 못할까. 게다가 진짜라면 배 아파 쓰러질 것만 같았다.

"아뇨."

"……!"

다행히 정설아는 고개를 저었다.

역시! 하긴, 요즘 같은 시대에 개인이 몇천씩 버는 일이 아예 없는 것도 아니니까. 그만큼씩 게임에 쓰는 것도 미친놈 취

급할 정도도 아니고. 자기가 벌어 쓰는 거라면 부러워할 필요 없지!

안도하는 그에게 쐐기가 박혔다.

"재벌 2세예요. 한신그룹 외동딸."

"……예? 에이."

"후훗."

"정말? 진짜?"

검색 한 번이면 들통날 거짓말이다. 쉽게 칠 거짓말은 아니지.

무엇보다 정설아의 말은 왠지 모르게 신뢰된다.

"허."

15강을 실패했을 때보다 더한 충격이 몰려왔다.

여전히 믿기지 않지만, 그의 손에 들린 100골드가 말의 신빙성을 더해주는 것만 같다.

"……헐."

전혀 벌어질 수 없는 일은 아니지만 설마! 하필이면!

"생긴 건 어째 설아 씨 쪽이 훨씬……."

이런 발랑 까진 꼬맹이가 재벌이라니! 그것도 일반 가정집에 제품 서너 개씩은 팔아치우는 한신그룹의!

허무했다.

역시 인생이란 알다가도 모르는 것이구나.

그의 허탈함에 강예슬이 석유를 뿌려댔다.

"응? 설아 언니도 정예그룹 둘째 딸이잖아?"

"……?"

그래, 어디 더 말해봐라. 놀랄 여력도 없다.

"그럼 혹시 현수 형님도……."

"당연하지. 설아 언니 친오빤데."

아아, 그랬던 거였구나. 게임에 목숨 걸고 집문서 팔아가며 미친 듯 달리는 다크 게이머들이 아니었구나.

깨달음을 얻었다. 동시에 자리를 박차고 일어났다.

하루 종일 뒹굴거리기만 해도 평생 먹고살 걱정은 없는 사람들이 왜 게임이나 하고 있는지 따윈 궁금해하지 않기로 했다. 그게 중요한 게 아니니까.

"좋아!"

"……?"

"앞으로 VVIP로 모시겠습니다, 손님들!"

중요한 건 상상 이상의 부자들이 눈앞에 지갑을 연 채 기다리고 있다는 것이다!

언제 그랬냐는 듯 좌절을 떨친 그가 외쳤다.

"120-422401-111-1111. 하늘 은행. 예금주 한시민."

"……?"

냉철한 판단과 빠른 행동력에 의아한 눈빛들이 쏟아졌다.

욕망으로 가득 찬 한시민이 뜬금없는 말에 대한 설명을 덧붙였다.

"골드 구하기 귀찮으면 계좌로도 받겠습니다!"

"……."

뿌리까지 뽑아먹겠다는 강한 의지가 안 그래도 뜨거운 사막에서 불타올랐다.

3

한시민의 삶은 가난하지 않았다.

부모님은 먹고살기 충분할 만큼 버셨고 운이 좋아 집도 서울 한복판에 자가로 가지고 계셨으며 자식들에게 돈 쓰기를 아까워하지 않으셨으니까.

불필요한 소비마저 칭얼댄다고 오냐오냐 받아주시던 분들은 아니지만, 꼭 필요로 하거나 갖고 싶었던 것들은 부족함 없이 가지며 살아왔다.

딱 19살까지.

미성년자 딱지를 떼고 나서부터는 사회의 쓴맛의 시작이었다.

용돈의 부재!

물론 의식주는 부모님이 제공해 주기에 튜토리얼 정도의 느낌이었지만 평생을 누군가에게 손 벌리며 살던 사회 초년생이 감당하기엔 벅찬 삶의 시작!

힘들다고 창창한 20대의 시작을 포기할 수는 없었기에 일하기 시작했다.

돈을 벌고 대학교를 다녔으며 군대를 다녀오고 졸업을 위해 달렸다.

비록 공부에 소질도 없고 관심도 없어 학점은 엉망이었지만.

어찌 됐든 가난하지 않은 삶에서 사회의 무서움을 깨닫고 나서는 돈에 대해 함부로 생각하지 않게 되었다.

어려서부터 들어온 습관은 쉽사리 바꾸기 힘들었지만 번 돈을 쓸데없이 쓰지 않았고 돈을 벌 기회가 생기면 놓치지 않고 잡기 위해 노력했다. 기회는 언제나 오는 게 아니라는 걸 몸소 깨달았기 때문!

우물쭈물 대다간 놓친다. 놓치면 배고프다. 배고프면 그것만큼 서러울 수가 없다.

해서 염치 불고하고 눈앞의 노다지를 캐기 위해 웃었다.

"3골드 남았어. 강화석은 22개. 흐흐."

"뭐야! 왜 내 거만 자꾸 실패해!"

"네 운이 안 좋은가 보지."

"강화는 오빠가 하는데 왜 내 운이 안 좋아?"

"무기가 네 거잖아. 난 행운이 200 가까이 되는데 그럼 내가 운이 안 좋은 거겠니?"

"칫."

가식보단 진심이 가득 담긴 웃음.

7강 가는 데 두 번이나 미끄러질 줄 누가 알았겠는가! 20%

상승해 무려 70%의 확률을 자랑하는 구간에서.

'이래서 스승님도 1강에서 실패했던 거구만.'

역시 확률은 이해하는 분야가 아니다. 단 1%라도 반대쪽 가능성이 존재한다면 긴장의 끈을 놓아서는 안 되는 영역!

"우씨. 언니, 오빠. 골드 좀 빌려줘."

강예슬이 미간을 찌푸리며 손을 벌렸다.

본판이 예뻐서인지 그런 모습마저 귀여워 대충 하다 원하는 만큼 강화해 줄까 하는 마음이 들었지만 고개를 저었다.

이 여자, 보기와는 다르다!

돈이 썩어 넘치는 금수저, 아니, 다이아몬드 수저.

확률에 대한 좋은 인식을 박아놓는 것은 저런 사람들에게 오히려 악영향이다.

한시민의 장사에도 큰 손해고.

'공과 사는 구분해야지!'

거기다 빨대를 꼽아도 용량이 줄어들지 않을 터.

배탈 나지 않을 정도로 열심히 빨겠다!

"여기, 50골드. 나머지는 계좌 이체해 줄게."

"네, 사모님!"

20대 초반의 발랑 까진 날라리 강예슬이 어느 순간 사모님이 되었다.

조심스레 골드를 받아 들고 정성을 다해 명당을 찾기 시작했다.

7강까지야 대충 바닥에 던져 놔도 쉽지만 그 이상은 급격히 강화 명당의 숫자가 줄다 보니 찾는 시간이 점점 길어질 수밖에 없다.

'후. 그래도 필드 레벨이 좀 돼서 다행이네.'

아니었다면 20짜리 레어 지팡이를 강화하러 더워 빠진 사막을 횡단할 뻔했다.

게임인 주제에 더위까지 구현해 낸 것도 모자라 오랜 시간 햇볕을 쬐다 보면 탈진까지 하니 마음이 급한 건 당연지사.

"여기다."

적당한 자리를 찾으면 곧바로 망치를 휘둘렀다.

의식도 최대한 간결하게, 그리고 빠르게 행했다.

'실패해라. 실패해라.'

그러면서도 주문만은 정확하게 곱씹었다.

더워도 돈이 먼저다!

오랜 시간 강화해 두통이 오는 문제와 더위에 헥헥대는 것은 천지 차이.

팟!

[강화에 성공했습니다.]

"오예!"

"아씨."

누군가의 함성과 누군가의 좌절.

속마음이 저도 모르게 튀어나왔다.

"뭐?"

"……아씨, 더워."

실패하라 했더니 성공이다.

'이런 시바. 명량대첩이냐.'

원치도 않던 저강화 구간에선 잘도 실패하더니 실패하길 바라니 성공하고.

다 운이고, 미신도 믿지 않지만 찝찝한 건 어쩔 수 없었다.

'성공해라.'

해서 9강에선 반대로 빌어봤다.

성공 확률 50%.

여타 게임에선 제물을 몇 개 던져야 하는 구간.

팟!

[강화에 성공했습니다.]

"……."

"와! 초반에 액땜이었나 봐."

개뿔.

인상이 팍 찌푸려졌다.

여기서부턴 실패하면 20골드씩 먹는 건데!

10강은 실패하겠지.

웬만하면 실패하는 곳이다. 20% 확률을 붙여도 40%니까.

이번엔 아무 생각 없이 두드렸다. 7강에서 두 번이나 미끄러졌을 때처럼.

'원래 기대를 안 해야 행운이 오는 법이니까.'

강예슬에겐 불행이겠지만 한시민에겐 끝없는 행운이자 기쁨이다.

하지만.

팟!

[강화에 성공했습니다.]

"와아아! 언니, 나 운 좋은가 봐. 벌써 연속 3번 성공이야. 이러다 15강 가는 거 아냐?"

"……."

확률은 언제나 양날의 검.

기쁨을 원했지만 불행이 닥쳤다.

짙어진 순백의 오라에 강예슬의 표정이 눈에 띄게 밝아졌다.

"와! 완전 어울려."

"13강은 해야 간지가 나지."

"으음."

부추김에 강예슬의 눈빛이 지팡이와 정설아의 검을 오간다.

황금빛과 순백의 차이!

외관상으론 둘 다 아름답다.

13강 이펙트가 더 희귀하고 진하긴 하지만 순백의 지팡이라는 테마를 생각해 보면 오히려 10강 이펙트가 어울린다고 생각할 수 있다.

그런 생각은 강화사에게 있어 수입이 끊긴다는 신호!

"13강 가다가 터지지 않을까?"

"터지긴!"

고민하는 모습에 절로 초조해진다.

'아직 20골드 남았는데.'

남은 강화석이야 구워 먹든 삶아 먹든 알 바 아니지만, 손에 들어온 50골드는 다 쓰고 싶다. 원래부터 없었으면 상관이 없지만 있다 없어지는 것만큼 허탈한 게 없으니까.

"으으음. 그럼 11강까지만 해볼까?"

"13강까지 스트레이트로 가줄 테니 걱정 마. 오빠 믿지?"

"터질 것 같은데."

"절대!"

터지면 안 되지. 지금은 말이야.

20%가 아닌 100% 명당을 찾았다.

"아!"

그러곤 탄식을 내뱉었다.

젠장, 명당은 다 좋은데 이게 문제야.

의식!

무릎을 꿇은 채 정중히 고개를 숙인다.

모아진 두 손이 사막의 모래를 파고들고 다시금 세상에 모습을 드러낸 손바닥 위엔 고운 사막의 모래가 한가득이다.

"후."

먹기 싫다. 내가 왜 이런 짓까지 해야 하나.

그럼에도 먹었다.

"으웩."

모래의 텁텁한 맛이 절로 인상을 찌푸리게 한다.

그럼에도 뱉지 못하고 삼켜야 하는 인생이란!

'돈이다. 돈.'

당연히 그냥 하라면 절대 못한다.

그의 무기를 강화하거나 돈을 벌거나 두 가지 이유 외엔 할 이유조차 없다.

한 번에 100만 원짜리 강화라 생각하니 입안에 남아 있던 모래들도 깔끔하게 넘어갔다.

그리고 망치를 두드렸다.

팟!

[강화에 성공했습니다.]

이번엔 실력으로 11강에 도달했다. 그럼에도 배가 아팠지만 참았다. 손해를 메울 떡밥을 던졌으니!

"우와! 나 진짜 되는 날인가?"

"어때, 12강 콜?"

"콜!"

사악한 미소가 입가에 걸렸다.

후후!

미안하지만 명당 찬스는 이제 없다. 26%에 운명을 한번 걸어보거라. 만약 터진다면 레이드에 차질이 생기겠지만…….

'내 알 바 아니지!'

언제부터 식당 주인들이 고객들 아침 메뉴까지 생각해 가며 점심을 팔았는가!

본분에만 충실하면 그만이다.

"이거 강화하면 40골드 추가야."

"계좌로 쏴줄게. 빨리 성공시켜 줘."

성공은 무슨!

재벌집 딸내미로 태어나 고생하지 않고 잘 먹고 잘 살아왔겠다, 이 오라비가 인생의 쓴 맛을 느끼게 해주마!

엄밀히 따지자면 낮은 운에 기대는 것뿐이지만.

탕! 탕!

경쾌한 망치질이 시작됐다.

한시민은 74%를 믿었다.

4번 강화하면 3번 실패할 확률.

벌써 몇 번이나 연속으로 성공했는데 또 되겠어?

팟!

['시민' 님께서 '+12 성스러운 지팡이' 강화에 성공했습니다!]

[스탯 포인트(2)를 획득했습니다.]

"우와아아아!"

"……."

뭐야, 이거. 조작 아니야?

혹시 하는 마음에 캐릭터 정보를 보았다.

'바뀐 건 없는데…….'

그런 게 있을 리가.

"오빠! 13강! 13강 지금 질러!"

"……."

신나 날뛰는 강예슬의 목소리가 황당함을 북돋았다.

한시민의 손이 저도 모르게 하늘로 향했다.

탕!

그리고 내려쳐 버렸다.

그 자리에서.

이미 한 번 기운을 받아 효과가 8%로 떨어진 상황!

"억!"

내려친 장본인마저 놀랐다.

넋 놓고 있던 도중 강예슬의 보챔 때문인지, 너무 어이가 없어 운이 어디까지 가나 궁금해서인지 몰라도 강화를 멈추는 건 불가능하기에 계속 휘두를 수밖에 없었다.

'미안.'

그러면서 속으로 강예슬에게 사과했다.

이번엔 진짜 실패한다.

26%와 8%는 하늘과 땅 차이다. 제아무리 운이 좋아도 이건 안 된다.

그래도 양심이라는 게 있어 하락하는 선에서 멈추길 바라주었다.

탕!

팟-

"……."

['시민' 님께서 '+13 성스러운 지팡이' 강화에 성공했습니다!]

[스탯 포인트(4)를 획득했습니다.]

사과는 설레발이 되었다.

한시민이 망치를 집어 던졌다. 그리고 지팡이를 강예슬에게 건넸다.

"추, 축하해!"

부들부들 떨리는 입꼬리는 현재의 심정을 대변한다.

240골드, 현금으로 2,400만 원을 받아야 하는 상황이 기뻐야 하지만 왠지 모르게 운을 다 빨린 것 같은 찝찝함!

그게 더 이상 강화할 엄두를 내지 못하는 이유!

'축캐라니!'

이런 말괄량이 금수저가! 세상은 너무 불공평한 게 아닌가! 이제라도 이 더러운 강화를 그만두어야겠어!

하나 안타깝게도 강예슬은 그렇지 않은 듯했다.

"오빠! 나 14강 할래."

"……안 돼."

"왜!"

"안 하는 게 좋을걸?"

"왜왜왜왜왜!"

"명당 찾기가 워낙 힘들어서 14강부터는 10%당 500골드야."

"에엑!"

"20% 했다가 실패해도 거의 무조건 터지는데. 안 하는 게 좋을걸?"

물론 천 골드를 받는다면 배 아픈 것쯤은 감수하고 죽을힘을 다해 명당을 찾아줄 용의는 있다. 그 돈이면 현실의 좁은 원룸에서 탈출해 번듯한 오피스텔 반전세 정도는 얻을 수 있을 테니까.

하지만 제정신이라면 하겠다고 할 리가 없다.

아무리 돈이 많아도.

언제나 그렇듯 고작 20레벨 무기일 뿐이다.

초보자용 단검을 들고 어느 세월에 10레벨 무기를 드나 푸념하던 때도 지나갔듯 20레벨 무기를 끼다 막막해 보이는 30레벨, 40레벨을 찍고 무기를 바꿀 날도 언젠간 온다.

그 무기 노강화가 현재 무기 14강보다 좋진 않겠지만 일정 금액 이상의 강화는 투자를 넘어 낭비다.

"할래! 할래! 난 어차피 힐러잖아. 무기 공격력 같은 건 필요 없어. 뽀대! 그것만이 살길이다!"

"……."

역시 말은 통하지 않았지만.

"에휴."

어쩌겠나.

가난한 비렁뱅이는 까라면 까야지.

고개를 저으며 지팡이를 도로 받았다.

"특별히 해줄 테니 나가자마자 입금해."

"응!"

선심 쓰는 척하며 슬쩍 정설아 쪽을 봤지만 딱히 만류하지는 않았다.

다시 사면 그만이라는 건지 강예슬의 선택을 만류할 필요가 없는 건지.

어쨌든 결과적으론 하루아침에 돈방석에 앉게 됐다.

좋게 생각하기로 하며 무기를 들고 집중했다.

'휴. 다행히 근처에 있네.'

안도하며 걸었다.

그 뒤를 스페셜리스트가 따랐다.

그래도 조금 거리가 있었다.

한 30분 걸었을까.

"여기 근처인데……."

명당이 느껴지는 장소에 도착한 한시민이 곤란한 표정으로 주변을 훑었다.

넓은 모래가 펼쳐진 사막임엔 변함이 없지만.

"뭐야, 여기 내려가야 해? 왠지 던전이 나올 것 같은 이상한 장소네."

팽이 모양으로 움푹 파인 사막의 홈이 그를 기다리고 있었다.

어딘가로 빨려 들어갈 것만 같은 나선형 구멍!

불길하지만 망설임 없이 내려갔다.

"별일이야 있겠어?"

게임인데 죽으면 부활하겠지.

"어? 시민 씨, 잠시만요!"

그런 그를 멀리서 따라오던 정설아가 다급히 불렀다.

"네?"

한시민이 고개를 돌렸을 땐 이미 늦었다.

"……거기 유적인데."

"네?"

어느 순간 푹- 빠지는 발.

동시에 강렬하게 느껴지는 명당의 기운.

"으아아악!"

그리고 꺼져 버리는 몸.

[유적에 입장했습니다.]

[자격이 부족합니다.]

[특수 조건을 충족시켰습니다. 유적이 침입자를 인정합니다.]

침입자는 원치 않았지만 유적이 그를 격하게 환영했다.

4

['유적의 정체'를 수락했습니다.]

[유적의 정체]

* 등급: Main
* 내용: 폭주하는 몬스터들, 그리고 모습을 드러내는 변질된 몬스터들의 조사를 위해 악의 기운이 흘러나오는 원천인 사막의 유적을 조사해 원인을 제거하라!
* 조건: 사막의 유적 클리어 및 네임드 몬스터 '일루전' 처치
* 보상: 1차 시나리오 메인 퀘스트 클리어

"……."

"……."

어색한 침묵이 맴돌았다.

"여기 어떻게 나가요?"

"유적을 클리어하면 나갈 수 있지 않을까요?"

예, 그건 당연하죠.

인상이 절로 찌푸려진다.

아니, 왜 나야!

……는 내 발로 들어왔구나.

"이왕 오신 거 같이 레이드해요."

"버스 타도 돼요?"

"그럼요."

한발 물러서며 묻는 말에 정설아가 흔쾌히 고개를 끄덕였다.

버스라니.

비슷한 레벨의 유저들에게 맞으면서 그들을 죽이는 한시민이 유적에서 과연 아무 도움이 안 될까?

그녀의 입가에 한 줄기 미소가 피어올랐다.

한시민의 합류로 성공 가능성이 높아졌다.

강예슬의 지팡이도 13강이니 전투 지속력에 큰 도움이 될 테고, 혹여 위급한 상황이 생긴다면 한시민이 끼어들어 전투의 승패를 뒤집을 수 있기에 특별한 변수만 생기지 않는다면 스페셜리스트가 먹는다고 봐도 무방하다.

게다가 예측할 수 없는 뒤치기 역시 깔끔하게 정리하고 오지 않았던가.

'운이 좋아.'

그를 위해 쓴 돈이 어마어마하다는 건 함정이지만 전혀 아깝다 생각하지 않았다.

회수할 수 있다!

그리고 허투루 쓰는 돈이 아니다.

강화라는 콘텐츠가 저레벨에서 즐기기엔 과투자인 건 분명하지만 그건 어디까지나 해당 레벨 구간에서 유저들의 수입이 제한적이기 때문.

소비하는 만큼 벌어들인다면 다른 유저들과 격차를 벌리기에 이보다 좋은 콘텐츠도 없다.

그게 그녀의 생각이었고 한시민을 대접해 주는 이유다.

"아! 오빠, 그런데 메인 퀘스트 받았어?"

"아니?"

"그럼 어떻게 들어왔지? 분명 유적엔 허락받은 자만이 들어올 수 있다고 했는데."

"누구 허락?"

"메인 퀘스트 진행자 한정 조건이야. 허락은 뭐 시나리오에 적힌 일부고."

"으음."

대접을 돈으로 받아 기분 좋은 한시민이 고민에 빠졌다.

어쩌다 들어왔고 갑자기 받은 메인 퀘스트엔 관심 없지만 이왕 온 거 14강 해주고 돈도 받을 겸 함께하는 건 어렵지 않다.

다만 메인 퀘스트는커녕 수행한 퀘스트도 없는 그가 유적에 온전히 있을 수 있는 이유는 궁금했다.

'왜지?'

레전더리 직업이라고 그냥 입장시켜 준 건가?

그럴 리가.

"아!"

문득 수도를 떠나기 전 받은 물건이 떠올랐다.

가죽 주머니를 열자 황금패가 모습을 드러냈다.

[아인 왕의 대리인 증표]

* 등급: Special
* 옵션 1: 왕국 내에서 수행할 수 있는 퀘스트를 조건 없이 수행 가능(메인 퀘스트의 경우 진행된 챕터 이상의 것은 불가능, 두 번째 시나리오 3 챕터까지만 가능)
* 옵션 2: 왕국 내 어디든 제한 없이 입장 가능

"이거구나."

별거 있겠느냔 생각에 확인하지 않고 있었는데 생각보다 엄청난 거였네.

"뭐냐?"

“이거 있으면 선행 퀘스트 안 해도 되나 봐요.”

“뭐?”

“헐. 스페셜 아이템이야? 오빠, 이거 어디서 났어?”

호들갑들은.

피식 웃음이 나왔지만 황금패의 가치에 그 역시 놀랐다.

현재 유저들은 판타스틱 월드의 가장 중요한 줄기인 메인 시나리오를 보기 위해 사력을 다해 레벨 업 하는 중이다.

실제로 판타스틱 월드 방송을 보는 수많은 유저가 찾는 콘셉트도 시나리오 퀘스트 관련한 것이고.

당연히 메인 퀘스트를 위해 귀찮은 선행 퀘스트들을 군소리 없이 수행하고 그 때문에 사냥의 속도가 느려져도 대부분 감수한다.

그런 귀찮은 과정을 생략해 주는 아이템이라니. 다른 주인이었다면 참으로 예뻐했을 텐데.

한시민에겐 별 쓸모없는 금덩이에 불과했다.

‘진작 팔걸!’

아니지. 두 번째 시나리오까지는 효력이 있으니 지금이라도 팔까?

“하아.”

팔면 분명 돈은 되겠지만 반역자가 되어 도망 다니고 싶진 않다. 돈 몇 푼보다 앞으로 아인 왕에게 뜯어먹을 게 더 많기도 하고.

"가요. 버스 태워주신다니까 잘 타겠습니다."

체념한 채 나아가는 셋을 따랐다.

스페셜리스트의 4인 레이드가 시작됐다.

유적은 어둡고 음습하며 칙칙했다.

"왜 꼭 던전들은 이럴까."

5m쯤 동떨어져 따르는 한시민의 한가한 생각!

1시간째 걷다 보면 잡생각이 들 수밖에 없다. 앞으로 얼마만큼 더 걸어야 할지도 의문이고.

슬쩍 앞서 나가는 정설아와 거리를 좁혀 조용히 물었다.

"어딘지는 알고 가는 거예요?"

"……."

모르구나.

유적도 좋고 메인 퀘스트도 좋고 보상도 다 좋은데 과정이 이렇게 재미없어서야. 오죽하면 손가락 하나 까딱 않고 버스나 타려던 그가 잡몹이라도 잡고 싶다 생각하겠는가.

초보자에서 탈출하고 싶지 않은 마음만 아니었으면, 필드에서 뛰어다니며 진홍빛 단검을 휘두르고 있었을지도 모른다.

그만큼 길이 어려웠고 헷갈렸다. 단조로웠으며 지겨웠다.

"언니, 우리 갇힌 거 아냐?"

"야, 그런 재수 없는 소리 하지 마."

그런 와중에 들리는 재수 없는 소리는 인상을 절로 찌푸리게 만든다.

갇히다니. 이런 미로 같은 던전에?

생각만 해도 없던 폐소공포증이 생길 것 같다.

더 무서운 건 정설아가 침묵하고 있다는 것.

"설마. 아니죠?"

"……."

"그래도 메인 퀘스트인데, 지도 같은 거 안 받아왔어요?"

"아는 건 유적의 위치랑 네임드 몬스터의 간단한 정보뿐이에요. 미안해요."

그래, 누굴 탓하랴. 내 발로 기어들어 왔는데.

참자. 강화 스킬 배우려고 열흘이라는 시간도 때웠는데 고작 몇 시간쯤이야! 걷다 보면 출구는 나오겠지.

'적어도 오늘 내로는 나갈 거야.'

아무리 메인 퀘스트 마지막 챕터라도 유저를 막 던전 안에 가둬놓고 재우진 않으리라.

그렇게 믿고 싶었다.

하지만 현실은 언제나 그렇듯 설마 하던 결과로 보답했다.

5

판타스틱 월드는 가상현실이자 현실감을 99% 재현해 냈다 평가받는 완벽한 게임이다.

당연히 그 바탕에는 게임과 현실 사이에서 오는 괴리감을 최소한으로 줄이며 게임으로써의 매력은 잃지 않게 만드는 요소 역시 포함되어 있다.

해서 어느 게임에나 기본적으로 주어지는 인벤토리가 없고 길드를 만들기 위해 NPC들이 세운 조건을 충족시켜야 하며, 가장 중요한 로그아웃 문제 역시 유저보단 판타스틱 월드 세상에 맞춰 시스템을 만들었다.

어디서든 가능하지만 중요 퀘스트, 혹은 던전 내부에서의 로그아웃엔 책임이 따른다!

유저가 빠져나간 캐릭터는 그가 다시 돌아올 때까지 그 자리에서 가만히 아무것도 하지 않는다.

운이 좋아 몬스터들의 공격을 받지 않으면 사는 거고, 아니면 재접속 시 레벨과 아이템을 잃고 가까운 성에서 되살아난 캐릭터를 발견하는 식.

"오빠, 분위기 좋다. 그지?"

"……."

때문에 한시민은 강예슬과 단둘이 불침번을 서게 되었다.

어색함 따위는 눈곱만큼도 찾아볼 수 없는 상황!

이제 고작 세 번째 만남임을 생각해 보면 너무 빠른 진도다.

"야, 꼬맹아. 언제부터 우리가 이렇게 친했냐?"

"에이, 젊은 남녀가 눈 맞으면 바로 침대에서 대화하는 시대에 이게 웬 당황스러운 말이야?"

"그냥 로그아웃해도 되냐?"

"안 되지. 나 혼자 불침번 서면 의미가 없잖아."

그렇긴 하지.

13강 지팡이를 들고 있다 해도, 결국 그녀 역시 공격 스킬이라곤 하나 없는 비전투 직업.

한시민 역시 마찬가지지만, 그래도 그는 장비빨로 웬만한 몬스터는 잡을 수 있기에 불침번에 동참하고 있었다.

"휴, 돈이 원수지."

물론 공짜로는 아니고.

"나가면 바로 입금해 줄게."

"그래."

왜 다들 죽어라 돈을 버는지 새삼 느낀다.

"손 치워."

"아잉."

달라붙는 강예슬의 머리를 미는 데 힘이 들어가지 않다니! 스탯은 분명 내가 훨씬 더 높은데!

돈이란…….

"후."

나도 썩은 인간이구나.

그래도 귀여우니 봐준다.

포기한 듯 보이자 손이 슬금슬금 내려간다. 명백한 의도가 담긴 손길.

귀엽긴 하지만 외관상으로 이제 막 20살 같은 꼬맹이하고 게임에서 욕구를 풀 만큼 굶주리진 않았기에 손을 치워내며 화제를 돌렸다.

"너 근데 아무리 재벌이라도 몇천씩 이렇게 막 써도 되냐?"

언젠가 꼭 한번은 묻고 싶었던 질문.

예전부터 드라마를 보며 품어왔던 의문.

대체 그 많은 돈은 어디서 나오는 걸까.

초롱초롱한 눈빛에 강예슬이 혀를 차더니 대수롭지 않게 말해주었다.

"그냥 내 통장 안에 있는 돈 주는 건데?"

"통장엔 누가 넣어줬는데?"

"용돈 받은 거 남으면 넣어두기도 하고, 할머니 할아버지가 주시기도 하고, 내 이름으로 된 건물들에서 들어오고 또 불법적인 경로로……."

"……그래, 자세히 알려줘서 고맙다."

물어본 내가 멍청이구나. 그래도 뭐, 다른 평범한 아이들하고 돈을 얻는 과정은 다르지 않구나. 액수가 조금 차이 날 뿐이지.

"칫, 분위기 다 깨졌네."
"어린 게 발랑 까져서는. 그러다 뼈 삭아."
"원래 이 나이 때는 다 이러고 즐기는 거야!"
"쯧쯧."
"오빠가 이상한 거라고. 혹시 게이야?"
"……지팡이 터뜨려 달라는 말로 들리는데? 잘못 들었나."
"아니! 그렇잖아. 아무리 장난이라도 그렇지. 나 같은 미녀가, 어? 들이대는데 게이나 고자가 아니면 그럴 수가 없잖아!"
투덜대는 말에도 흔들리지 않았다.
확실히 키가 작고 어려 보일 뿐 자세히 살펴보면 여자로서의 매력은 충분하다.
하지만.
"내가 인마, 너만 한 여동생이 있어."
"몇 살인데?"
"19살."
"……난 23살인데?"
"에엥?"
저게 23살이라고?
시선이 자연스레 강예슬을 훑는다. 귀여운 얼굴을 지나 갸름한 턱 선을 스치고 쇄골을 타고 그대로 내려오다 잠시 멈춘다.
너무 노골적이라 불쾌할 수도 있는데 오히려 어깨를 당당히 펴는 모습은 지난번 굴욕을 만회하고자 하는 움직임!
“으음.”
하나 절로 기울어지는 고개.
“왜! 뭐! 왜! 이 정도면 평균 이상이라고! 꽉 찬 B가 한국 여자들한테 얼마나 힘든 사이즌 줄 알아? 로브가 커서 드러나지 않을 뿐이야!”
“아무 말도 안 했는데.”
“눈이 말하고 있잖아, 눈이!”
“어쨌든 내 취향은 아냐.”
“아오!”
울분을 토해냈지만 한시민의 시선은 여전히 그녀에게 무덤덤했다.
고자가 분명해!
홀로 위안 삼아 보지만 분한 건 어쩔 수 없다.
그런 귀여운 모습에 심심한 위로를 건넸다.
“힘내. 그래도 넌 귀여운 호구, 아니, 여자야. 내 취향에만 안 맞을 뿐.”
“오빠 취향은 뭔데?”
“글쎄, 난 그리 눈이 높진 않아서 설아 씨 정도면 뭐…….”
“양심이 없네.”
그런 눈빛으로 봐야 소용없다.
그래 봤자 내 대답은 변치 않을 거니까.

네가 비록 600골드가 넘는 매출을 올려줬다 해도 내 소신은 변하지 않지.

“내가 설아 언니한테 물어봐 줄까?”

“뭘?”

“오빠가 언니랑 한 번 자고 싶어 한다고.”

“컥, 뭔 소리야!”

“아, 한 번이 아닌가? 여러 번? 맨날? 시도 때도 없이?”

“…….”

내가 언제 그랬냐!

평정을 유지하던 마음이 급격히 흔들린다.

도대체 평소에 무슨 생각을 하면 ‘이상형=원나잇’으로 해석할 수 있는 거지?

“에이, 이상형이 여친 되고 여친 되면 뜨거운 밤 보내는 거잖아. 그게 그거지.”

“닥쳐!”

서로 사랑하면 그럴 수도 있다지만 이건 그런 주제의 대화가 아니잖아!

“너의 지팡이를 지키고 싶다면 더 이상 그 입을 놀리지 않는 게 좋을 것이다.”

“푭, 귀엽긴. 알았어. 그냥 농담한 거 가지고 그런 재밌는 반응 보이면 또 하고 싶어지잖아.”

아! 한 대 치고 싶다.

강렬한 의지!

게임이기에 거리낄 것도 없다. 하나 실현하지는 못했다.

"무슨 얘기를 그렇게 재밌게 하고 있어요?"

"어! 언니! 있잖아. 시민 오빠가 언니랑 시도 때도 없이 섹…… 읍읍!"

"설아 씨 오시면 바로 강화부터 하자고요."

누워 있던 정설아의 캐릭터가 움직였기 때문.

다급히 강예슬의 입을 막으며 그녀의 지팡이를 쥐었다.

꿇릴 건 없지만 저런 유언비어로 인한 오해는 귀찮다.

"마침 이 근처네!"

뒤따라 일어나는 정현수까지.

한 손엔 지팡이를, 한 손엔 입을 막은 강예슬을 든 한시민이 뛰기 시작했다.

"으악! 오빠, 앞에 몬스터!"

"꺼져!"

마주하는 스콜피온들을 뛰어 넘으며 명당의 기운이 느껴지는 곳으로 향했다.

생각보다 가깝다.

몬스터는 뒤에서 알아서 처리해 주리라.

그렇게 길을 막아서는 몬스터들을 제치고 구불구불한 미로를 통과해 도착한 명당은 벽이었다. 이상한 그림들이 잔뜩 그려져 있는.

“여기야?”

“그런 것 같은데.”

한시민의 감은 거짓말을 하지 않는다.

다만 벽이 말하고 있을 뿐이다. 날 넘으려면 상당한 각오를 해야 할 거라고.

“왠지 보스 방 같은 기분이 들긴 하지만…….”

알 바냐!

어차피 강화만 성공하고 1,000골드만 받으면 그만이다.

거침없는 발길이 벽을 걷어찼다.

쾅!

콰르르.

“으아악!”

동시에 무너지는 벽으로 굴러 떨어졌다.

['일루전'의 방을 발견했습니다!]

감은 역시 틀린 적이 없다.

6

굴러 떨어진 곳은 다시 사막이었다.

눈앞에 오아시스가 펼쳐져 있고 선인장들이 길게 늘어져

있는!

"여긴 어디지?"

강예슬의 의문이 이상하지 않은 상황.

사막의 모래 속으로 빨려 들어온 던전에 또 다른 사막이 있다니?

게임이니 이해하려 해도 쉽지 않다.

"또 보스 방이네."

하지만 한시민은 그런 사소한 문제에 티끌만큼도 관심주지 않았다.

그에게 중요한 건 돈지랄 덩어리인 순백의 지팡이를 14강 해주고, 움직일 공간도 협소한 원룸에서 벗어나는 것!

사막이건 용암 속이건 상관이 없다.

"인간들이여."

"……하."

물론 상관이 없는 건 한시민뿐이고 방의 주인은 방문을 열고 들어온 침입자에게 말을 걸어왔다.

"네임드야, 오빠."

"알아."

"어떻게 해?"

"그러게."

뒤따라 정설아와 정현수가 오긴 할 거다.

그게 언제인지가 문제지.

'괜히 몬스터 다 떠넘기고 왔나.'

하다못해 꼬맹이라도 떨궈놓고 왔으면 보다 빨리 따라잡을 텐데.

어쩌겠나.

둥둥 떠 있는 놈한테 동료가 안 왔으니 기다려 달라 할 수도 없고.

"약한 인간들이군."

"남이사, 보태준 거 있냐?"

"하나 유적의 아이들을 뚫고, 거짓의 문을 찾아 연 것만으로도 충분히 나와 만날 자격이 있노라."

시커먼 로브에 감춰진 네임드 몬스터 일루전.

한눈에 봐도 마법사처럼 생겼다.

거기에 거대한 날개로 허공에 떠 있기까지 하니 공격 자체가 제한된다.

15강 단검으로 밀어붙이는 한시민에겐 상극과도 같은 존재.

'괜히 무리하지 말자.'

물리 방어력은 마법에 대해선 큰 효력을 발휘하지 못한다.

+13강 가죽 방어구가 네임드의 마법마저 아무렇지 않게 막아줄 수 없을지도 모른다는 뜻!

해서 한시민은 자신의 장점을 유감없이 발휘했다.

컨트롤은 부족하지만 적절한 상황 판단력과 행동력은 적어도 정설아와 비슷하거나 그 위라고 자부할 수 있다!

"……뭐 하는 것인가, 인간."

그렇기에 정신 나간 네임드 몬스터가 시간을 주는 틈을 타 모루를 꺼내 명당을 찾기 시작했다.

"아, 하던 얘기 계속 해. 듣고 있으니까."

"신기한 인간이군. 그대, 죽는 게 두렵지 않은가."

"응, 별로."

다행히 일루전은 꿍꿍이에 관심이 없는 건지 무슨 수를 쓰든 자신이 이길 거라 생각하는 건지 이리저리 돌아다니는 그를 방해하지는 않았다.

대신 쓸데없는 소리들을 나열했다.

"대륙은 이미 썩을 대로 썩었다. 부패, 탄압, 절망. 인간은 인간을 짓누르고 지배하며 강탈한다. 백 년 전, 하나로 뭉쳐 대륙의 평화를 되찾은 영웅들의 명예는 그들의 통치 수단으로 이용되고 있고 함께 싸운 이종족을 노예로 부리며 마족보다 더한 악랄함을 보이고 있지."

"그래? 음, 여기네."

"나 대마법사 일루전은 대륙의 잘못된 걸음에 죽을 수조차 없었다. 해서 죽음을 거부했고 새로운 대륙을 만들기로 했다."

"어디 보자. 확률은 88%에. 제물이 필요하네?"

"……대륙은 어둠에 물들고 강림을 통해 새로운 시대를 맞이해야 한다. 물론 그 과정에서 깨어 있는 자들의 도움이 필요할 테지. 여기까지 누구보다 먼저 다가온 모험가인 자네들이라면 자격이 충분하고. 어떤가. 함께하겠는가! 내 그대들에게 앞장서 대륙에 이름을 날릴 힘을 주겠네!"

띠링-

['대흑마법사의 제자: 전직 퀘스트(Spicial)'를 수락하시겠습니까?]

[해당 퀘스트는 선착순 1인만 수락 가능합니다.]

"응?"

자리 잡고 모루 위에 지팡이를 올린 한시민의 눈앞에 나타난 홀로그램은 그의 집중을 깨기 충분했다.

동시에 한 귀로 들어와 흘러 나간 목소리의 진원지를 보았다.

"뭐라고?"

뭔지 몰라도 지금 엄청 중요한 순간 같은데.

설명이 좀 더 필요하다.

"악당 편에 설 건지 말 건지 정하래."

"아아, 엥?"

그러니까 지금…….

"악당으로 전직하는 거?"

"악당이 아니다. 대륙을 정화할 전사로서 싸울 기회를 주는 것!"

"……그거나, 그거나."

와!

순수하게 감탄이 절로 나온다.

메인 퀘스트 깨러 온 유저를 회유하려는 몬스터라니!

"인공지능이 너무 뛰어난 거 아니냐."

"나도 게임하면서 처음 봐."

거기다 무려 스페셜 등급의 직업이다.

'서브 직업으로 할까?'

레전더리 직업을 이미 갖고 있는 한시민조차도 흔들리는 마당에 노말 등급 직업의 유저들은 어떠할까.

전직하면 등급에 따라 경험치 페널티가 부여되겠지만 그보다 직업의 특색이 주는 매력은 판타스틱 월드에 더 빠져들게 만들 것이다.

악당, 대륙을 멸망시킬 선두자라니!

이름만 들어도 짜릿하지 않은가.

익명이라는 탈을 쓰고 오로지 쾌감만을 위해 즐기는 게임이다. 남들과는 다른 길을 걷는다는 것만으로 사람들은 열광하고, 성장하기 위해 모든 걸 투자할 것이다.

웹 게임의 유저 수는 한없이 적은데 괜히 결제율이 높은 게 아니다.

홀로 쓸어버리고 싶은 속마음! 그 깊숙한 곳에 내재된 욕망을 몬스터 따위가 건드리는 것!

"전직하면 뭐 줄 건데?"

"힘! 모험가들에게 그보다 매력적인 게 더 있나?"

"없지."

아마 웬만한 유저들은 수락할 테다.

특히 최상위 랭커들이라면 더더욱.

'NPC들에게 애착 같은 게 있을 리가 없으니까.'

메인 퀘스트를 수행하는 이유가 성장과 돈인 유저들에게 이런 식의 전개는 보다 많은 시청자를 모으고 빠른 성장을 할 수 있으며 동시에 경쟁자가 없는 블루 오션을 개척하는 일이다.

버리기엔 아까운 기회다.

그렇다고 한시민이 먹기엔 부족하고.

"꼬맹아, 너 할 생각 없냐?"

"난 힐러가 좋은데."

"그래?"

해서 강예슬을 꼬드겼다. 단점도 그만큼 많겠지만 내가 할 건 아니니까.

"야! 그 뭐냐. 전직하면 힐도 쓸 수 있는 거냐?"

"내 제자가 되는 것이다. 흑마법은 애당초 백마법의 상위 호환! 치유 마법은 기본 중의 기본이지."

"봐봐."

"……."

동떨어진 공간에서 홀로 빛나는 황금빛 지팡이는 어느새 잊힌 지 오래다. 세뇌당하는 주인만 있을 뿐!

“힐러야 많지. 성녀? 너 정도면 돈 내고 할 수도 있지. 그런데 세상에 너만큼 돈 많은 사람이 또 없을까? 너는 재벌 2세라 아빠 돈 끌어다 쓰는 것뿐이지만 성녀 취향인 부자 아재들이 얼마나 많은데! 그냥 성녀 타이틀 하나 따려고 몇억씩 쓰는 사람들도 나올걸?”

“안 돼! 그건.”

“그런데 이건? 대륙에서 하나뿐이야, 어때?”

“오오!”

강예슬은 단순하다.

그리고 게임에서 선과 악 따위를 가리지 않는다.

오로지 룩덕! 희귀 아이템 수집!

남의 시선만을 의식하는 그녀는 혹했다.

“…….”

그 과정에서 자신보다 더 열심히 약을 파는 한시민의 모습에 일루전이 살짝 당황하긴 했지만.

“나 할래! 대흑마법사!”

“들었지?”

한시민이 당당히 어깨를 펴고 말했다.

눈앞에 있는 자가 네임드 몬스터라는 사실 따위!

필요한 게 있으면 몬스터랑도 거래할 줄 알아야지.

“좋다.”

“그렇다면 이제 우리 거래를 하자. 나 네 날개 깃털 다섯 개만…….”

우웅!

필요한 걸 말하려던 찰나.

공중에 떠 있는 일루전의 로브가 펄럭이며 짙은 어둠의 오라가 뿜어져 나왔다.

동시에.

“꺄! 전직했다! 나도 이제 스페셜 직업이야!”

강예슬에게 스며드는 마나와 한시민에게 향하는 어둠의 화살들.

“자, 잠깐!”

이런 미친! 너무 뜬금없잖아!

열심히 설득해서 제자 만들어줬더니.

“침입자에게 더 이상 관용을 베풀 필요는 없겠지.”

“와, 씨. 이런 재수 없는 새끼! 은혜를 원수로 갚네!”

“죽어라.”

콰콰쾅!

그제야 35레벨 네임드 몬스터이자 메인퀘 보스다운 모습이 현란하게 드러난다.

어둠의 창들이 찌르는 곳엔 어김없이 파괴가 함께하고 한시민의 등에 꽂힌 화살은 체력을 쭉쭉 깎아먹는다.

“아니! 잠깐 타임!”

“세 치 혀에 놀아나지 않는다.”

“야! 꼬맹아! 도와줘!”

“미안, 오빠. 힐 정도는 줄게. 전직하긴 했는데 딱히 도울 수 있는 게 없네.”

그나마 다행인 점은 들어오는 힐이 꽤 많이 찬다는 정도?

적당히 피하며 맞는 족족 힐과 오라로 채우다 보니 점차 여유가 생겼다.

여유가 생기면 다른 생각이 들게 마련.

한시민의 머릿속엔 분노가 차올랐다.

“아니, 시바! 강화하러 와서 이게 웬 개고생!”

1억짜리 일이니까 그럴 수 있다 쳐도 이건 너무 억울하잖아!

15강 단검을 들면 뭐해, 닿지를 않는데.

“에이 씨.”

들고 있어봐야 거추장스럽기만 한 단검 따위!

그냥 던져 버렸다.

일루전을 향해.

“……!”

도망치다 무기를 던질 줄 예측하지 못한 일루전의 로브에 단검이 박혔다.

“크윽!”

파악한 순간, 피하려 했지만 그러기엔 한시민의 스탯이 생각보다 높았다.

“어떻게…… 분명 약한 모험가일 뿐인데!”

"이 개새야! 내려와서 한판 뜨자!"

휘청거리는 로브를 보니 속이 다 시원하다.

그래도 찔러만 넣으면 어떻게든 도움이 되는구나!

만족은 거기서 끝나지 않았다.

"시민 씨! 예슬아!"

"언니!"

길드 대화로 들려오는 목소리에 반색한다.

완벽한 타이밍.

드디어 귀찮음에서 벗어날 수 있겠구나!

달려오는 속도 그대로 곡예에 가까운 2단 점프와 함께 묻지도 따지지도 않고 일루전에게 검을 휘두르는 정설아를 보며 다급히 외쳤다.

"설아 씨! 그놈 날개 깃털 다섯 개만 떼 줘요!"

"……네!"

지금 상황에 맞지 않는 부탁인 것 같으면서도 이유가 있으리라 지레짐작하며 검의 궤도를 바꾼다.

한시민에 대한 무한한 신뢰!

"……!"

펄럭이는 날개와 뒤트는 몸.

급소를 피하기 위한 본능적인 움직임이지만 덕분에 목표는 명확히 범위 내에 들어왔다.

팟-

"크윽!"
"죽었다면서 고통은 느끼나 보네."
불길이 담긴 검이 날개를 베고 지나가자 흩날리는 깃털들.
한시민이 비웃으며 떨어지는 깃털 몇 개를 냅다 주웠다.
뭐에 쓰는지, 어떤 효력이 있는지는 관심이 없다. 그저 강화하는 데 필요한 제물일 뿐!
'점점 귀찮아지겠어.'
고작 20레벨 레어 등급의 지팡이 14강일 뿐인데 벌써부터 제물을 요구하다니.
그나마 명당에 있는 몬스터의 것이라 다행이지 당장 갖고 있는 게 아니었다면 곤란할 뻔했다.
'후, 제물 주머니도 하나 만들라는 계시네.'
이것저것 넣어 다니려면 커야 할 테고 그럼 강화를 해야겠지.
돈은 들어오자마자 잘도 나가는구나.
"저한테 저 새끼 마법 안 오게 좀 부탁해요!"
"언니! 화팅! 내 지팡이 지켜줘!"
"흐읏!"
콰쾅!
처음에야 아무 방해 없이 추진력을 얻어 뛰었을 뿐, 정설아 역시 허공에 떠 있는 적을 상대하는 건 쉬운 일이 아니다.
게다가 방심하다 공격받은 게 화가 났는지 일루전은 조금 더 높은 곳으로 올라가 버렸고.

어쩌면 맞기만 하다 레이드가 끝이 날지도 모른다.
그러거나 말거나.
실패는 한시민의 몫이 아니다.
'강화할 시간이면 충분해.'
신전에서 받아왔다는 이 지팡이를 흑마법사의 제자가 된 강예슬이 쓸 수 있을지는 모르겠지만.
"후우."
정중한 의식을 시작한다.
깃털 다섯 개가 놓인 허름한 모루와 황금빛의 지팡이.
기준 삼아 돌며 절을 한 번씩 한 뒤 하늘을 향해 경배한다.
"비나이다. 비나이다. 성공하게 해주세요."
콰콰쾅!
적절하게 들어오는 효과음!
"꺄! 언니! 미안. 타깃팅 미스."
"……."
그리고 정겨운 목소리들.
의식을 마치고 천천히 망치를 내려친다.
'94%. 충분해.'
제물과 함께 6% 높아진 확률은 실패라는 단어를 쉽사리 떠올리지 못하게 만든다.
탕!
한 번.

탕!

두 번.

두드리기조차 아쉬운 지팡이가 전설의 강화사의 손을 타고.

팟!

새로운 영광의 빛을 머금었다.

[강화에 성공했습니다.]

['+13 성스러운 지팡이'가 '+14 타락한 성스러운 지팡이'로 진화했습니다.]

['시민' 님께서 '+14 타락한 성스러운 지팡이' 강화에 성공했습니다!]

[스탯 포인트(8)를 획득했습니다.]

['+14 타락한 성스러운 지팡이' 특수 효과 오라로 체력이 회복됩니다.]

['+14 타락한 성스러운 지팡이' 특수 효과 오라로 마나가 회복됩니다.]

['+14 타락한 성스러운 지팡이' 특수 효과 오라로 공격에 신마력이 부여됩니다.]

그건, 제자를 만든 일루전에겐 3분 만에 청출어람의 소식을 알리는 기보가 되었다.

7

“으엉?”

이게 뭔 소리래? 타락한 성스러운 지팡이라니. 거기다 아이템 진화?

성스럽던 지팡이에 칠흑이 섞인 모습은 오묘하기 그지없다. 거기에 은은하게 흘러나오는 어두운 연두 오라까지!

인상이 절로 찌푸려졌다.

‘뭔데?’

14강에서 진화해도 되는 거야? 내 단검은 15강에 겨우 진화한 주제에. 불공평하잖아!

“뭐야, 뭐야?”

“……글쎄. 나도 처음 보는 현상이라.”

게다가 그의 단검이 진화했을 때와는 사뭇 다른 현상이 벌어지고 있다.

특수 효과 오라?

한시민 혼자만 본 게 아닌 것 같은 분위기에 들고 있는 지팡이의 정보를 확인했다.

[+14 타락한 성스러운 지팡이]

* 등급: Epic Rare

* 착용 레벨: 20

* 착용 제한: 흑마법사
* 옵션 1: 마력+5(+30)
* 옵션 2: 모든 치유 효과+5%(+30%)
* 특수 옵션 1: 오라 효과 진화(특수 오라)
* 특수 옵션 2: '특수한 짙은 연두 오라' 효과 적용
  –8m 범위 내의 아군에게 '사기 진작' 버프 적용(10초마다 체력 회복 4%, 마나 회복 4%)
  –신성 혹은 어둠 속성 스킬 사용 시 추가 대미지 적용+30%
  –무 속성 공격일 경우 신마 속성으로 변환

"으악!"

"뭐야. 왜 그래, 오빠!"

네가 직접 봐라.

축 처진 어깨로 지팡이를 건넸다.

"와아아!"

당연히 강예슬의 입에선 감탄이 튀어나왔다.

"……!"

정현수 뒤에서 함께 옵션을 확인한 정설아의 눈도 크게 뜨였다.

"어떻게 이런……."

말도 안 되는 옵션이죠? 네, 저도 그렇게 생각합니다.

"오빠……."

강예슬의 글썽글썽한 눈망울이 그에게 향한다.

손이 부들부들 떨리지만 겨우 입꼬리를 한쪽이나마 올려 미소를 띠었다.

“추, 축하해. 운이 좋네. 아이템 진화 값은 천 골드만 받을게.”

강화사로서 강화가 잘됐다고 아이템을 먹을 수는 없는 법!

마음은 그러고 싶다고 강렬히 외치고 있지만…….

‘가져 봐야 쓸데도 없으니까.’

참았다.

“응, 오빠. 2,200 골드인가? 나가자마자 바로 쏠게!”

“2,240 골드야.”

“……2,300골드 줄게. 됐지?”

“사랑한다, 꼬맹아.”

다행히 참은 보람을 금세 느낄 수 있었다.

그나마 아픈 배를 달랠 수 있도록 즉석에서 만들어낸 진화 비용이 큰일을 해주었다.

1억!

어마어마한 금액이지만 고레벨이 되어도 오라의 효과는 유용하다는 점을 생각해 보면 결코 아쉽지 않은 투자.

‘고레벨 무기일수록 더 비싸게 받아야겠다.’

미래를 설계하며 위안 삼았다.

판타스틱 월드의 강화 시스템에 대해 점차 알아가는 기분.

노말 아이템이 진화했을 때보다 레어 아이템이 진화했을

때의 효과가 더 좋다!

앞으로 가격대 형성에 하나의 지표가 될 것이다.

'가격도 좀 올리고.'

어차피 최상위 유저들만 이용 가능한 게 한시민의 능력이다.

싸고 많이 대신, 비싸고 정확하게!

저레벨 아이템이라는 점 때문에 홀로 판단해 기준 세운 가격이다. 퍼센티지로 붙는 오라의 효과를 생각해 보면 약간 저렴한 느낌이 없잖아 있었다.

그걸 느꼈으니 앞으로 가격을 올려도 괜찮으리라. 무기나 방어구는 그렇다 쳐도 특히 장신구는 더더욱.

콰콰콰!

"그만 떠들고 좀 어떻게 해봐! 한계야!"

잡담하는 사이 홀로 마법을 뒤집어쓰던 정현수가 외쳤다.

"아, 미안!"

넓은 등에 가려 보이진 않지만 꽤 많은 폭발음이 들린 것으로 보아 상태가 그리 좋진 않을 터.

파티창에 보이는 체력 게이지가 증명해 주고 있었다.

말도 안 되는 오라 덕분에 버티곤 있지만 역시 상대는 35레벨의 네임드 몬스터.

묵묵히 탱커 역할을 수행하는 정현수가 대단할 따름!

그런 그를 위해 강예슬이 14강 지팡이를 들었다.

"힐!"

팟-

"……!"

빛과 어둠의 조화!

동시에 쭉 차오르는 체력.

저도 모르게 정현수가 뒤를 돌아봤다. 눈빛엔 황당함이 가득했다.

"뭐냐?"

"응?"

"왜 이렇게 많이 차?"

"헤헤."

오라 효과에 기본 옵션까지 힐량만 무려 65%가 추가 적용된다. 평소보다 많이 찬다는 느낌이 들 수밖에!

"그런데 저건 어떻게 떨어뜨리지?"

물론 그것만으론 현재 상황을 뒤집을 수는 없었다.

일루전이 마나 떨어졌다고 내려오진 않을 테고 더 이상의 방심도 않으니 접근할 방법이 없다.

"으음."

고민하는 이들의 시선에 일루전의 로브에 박혀 있는 단검이 들어왔다.

"……왜요?"

집중되는 시선.

속 편하게 앉아 구경하던 한시민이 슬쩍 물러섰다.

이건 뭐지. 나서야 할 것만 같은 분위기!

“저 단검, 회수 가능하시죠?”

“네, 가능하긴 하죠.”

사막 초입에서의 학살 때 단검을 던지고 회수했던 장면을 기억하는 정설아가 반색하며 부탁했다.

“날개만 맞혀서 떨어뜨려 주세요.”

“…….”

고작 한 문장, 아주 간단한 부탁!

부탁받은 한시민이 단검을 회수했다.

주인의 명령에 따라 어느새 손바닥 위에 놓인 진홍빛 단검.

‘할 수 있을까?’

다트 맞히기는 자신이 있긴 한데. 문제는 일루전 주위에 쳐진 투명한 막이다. 보나마나 실드리라.

뚫을 수 있을까에 대한 의문은 접어두었다. 고민해 봐야 답이 나오는 것도 아니고. 그냥 별생각 없이 던져 보았다.

‘맞겠지.’

혹은 튕겨 나오거나.

휭!

방패 뒤의 사각지대에서 온 힘이 담긴 단검이 튀어 나가 실드와 부딪친다.

“……!”

갑작스러운 공격에 놀란 일루전.

하나 피하진 않았다. 자신의 실드를 믿는 것!

35레벨의 네임드 몬스터이자, 한때나마 대륙의 대마법사였다고 자부하는 자의 자존심이었다.

하지만.

쩌적!

진홍빛 단검은 그의 오만을 비웃기라도 하듯 실드를 찢어발기고 목표를 향해 이빨을 드러냈다.

"……아니!"

자연스럽게 스펠을 외우던 일루전의 마법이 끊겼다. 동시에 몸을 뒤트는 본능적인 움직임은 과연 네임드 몬스터답다는 생각이 절로 들었다. 아쉽게도 반응하려면 단검을 인지한 순간 해야 했다.

촤악!

"크아아악!"

생각하고, 반응한다.

이 간격이 만들어내는 1초도 안 되는 시간은 진홍빛 단검이 왼쪽 날개를 뚫고 지나가기 충분했다.

엄청난 공격력과 중첩되는 도트 대미지!

체력이 낮은 마법사가 감당하기엔 치명상이다.

"떨어진다."

"오빠."

"응, 가자."

동시에 상황을 지켜보던 정설아와 정현수가 뛰기 시작했다.

목표 지점은 추락하는 일루전의 예상 위치!

어느새 가득 찬 체력과 마나는 전투에 가속도를 붙였다.

"아이스 스피어!"

동시에 정설아의 검에 서리가 서렸다.

상태 이상에 걸린 채 떨어지는 마법사.

대놓고 목을 들이미는 적은 그녀의 먹잇감!

팟-

[치명상을 입혔습니다!]

일루전 레이드가 어려운 이유는 유적 내부의 길이 어렵고 마주하는 몬스터들의 레벨 역시 높을뿐더러 어찌어찌 보스 방을 찾았다 한들 저레벨 유저들에게는 일루전을 직접 공격할 수단이 부족하기 때문이다.

마법사들은 일루전에게 마법으로 이길 수 없고 원거리 공격 유저들은 가장 먼저 타깃팅 될 테니까!

게다가 혹여 공격을 집중시킨다 해도 일루전의 실드를 뚫어내기 전에 막강한 마법에 당해 하나둘 로그아웃당하게 마련.

하나 스페셜리스트는 그 모든 것을 감당해 낼 수단들을 갖추었고 그 결과…….

[퀘스트를 완료했습니다.]

['시나리오 퀘스트: 1막'이 클리어됩니다.]

['시나리오 퀘스트: 2막'이 오픈됐습니다. 모험가들은 충분한 실력을 입증함으로써 두 번째 막을 진행할 자격을 얻습니다.]

[레벨이 올랐습니다.]

[레벨이 올랐습니다.]

[레벨이 올랐습니다.]

[레벨이 올랐습니다.]

[레벨이 올랐습니다.]

[레벨이 올랐습니다.]

[레벨이 올랐습니다.]

생각보다 쉽게 일루전을 쓰러뜨릴 수 있었다.

지상으로 떨어진 상처 입은 마법사를 죽이는 것쯤이야 유니크 등급의 마검사에겐 그리 어려운 일이 아니었으니까.

"우와! 2레벨이나 올랐어!"

그리고 터져 나오는 빛은 아인 왕국 메인 퀘스트 1막의 종료를 알렸다.

물론, 그건 또 다른 시작의 알림이었다.

"거기다 아이템도 엄청 떨어졌어!"

"다들 동작 그만!"

구경하던 한시민을 벌떡 일어나게 만드는 정산의 시작.

사막은 일루전의 죽음과 함께 거대한 공동으로 돌아갔다.

애초에 일루전이 만들어낸 환상이었던 것!

하나, 넷 중 누구도 이 부분에 대해 신기해하는 사람은 없었다. 그보다 더 이목을 끄는 보상들이 즐비했으니까.

"일루전의 로브. 유니크 세트 아이템. 이건 예슬이가 쓰면 되겠네."

"고대의 뼛조각이에요."

"레어 등급 반지도 있어!"

대략 일곱 개 이상의 아이템이 사체 주변에 떨어졌다.

과연 시나리오 퀘스트 1막의 끝을 담당하던 네임드 몬스터!

적절한 분배가 이루어졌다.

한시민만 빼고.

"……시민 씨는 안 고르세요?"

"먼저들 고르세요."

그는 눈치를 봤다.

각자 하나씩 쥐니 네 개가 남았다.

"전 이거 하나만 갖고 싶은데 괜찮을까요? 다른 보상은 포기할게요."

그러곤 냅다 눈여겨보았던 상자 하나를 선택했다.

[랜덤 박스(시나리오 퀘스트: 1막)]

* 등급: Normal

* 옵션 1: 개봉 시 랜덤으로 아이템이 떨어진다.

모두의 눈빛에 의문이 서렸다.

비록 남은 네 개의 아이템이 먼저 뽑힌 세 개보다 질 떨어지는 건 사실이지만 한시민이 고른 것보다는 좋았으니까.

상식적으로, 그리고 그간 한시민이 보여준 돈에 대한 애착을 보면 이해되지 않는 행동!

"오빠, 그건 노말인데?"

"노말인데 랜덤이잖아."

"……뭐가 나올 줄 알고."

걱정 어린 눈빛이 그를 향했다.

"좋을 대로 해라. 그럼 난 이거."

정현수만이 무심히 하나 더 고를 뿐.

'뭔가 있어.'

하나 한시민은 랜덤이라는 것에 흥미를 느꼈다.

이름부터 랜덤 박스지 않은가.

도박의 냄새가 솔솔 난다.

물론 좋은 게 나오리란 생각은 금물이다.

다른 아이템들의 등급과 레벨 제한을 보았을 때 운이 좋으면 좋은 게 뜨겠지. 반면, 안 좋은 것이 뜰 확률은 훨씬 높을 테고.

판타스틱 월드에선 처음 보는 아이템이지만 다른 게임에선 정석이다. 그렇기에 스페셜리스트 길드원들이 고르지 않은 것이고.

그도 잘 알고 있다.

"진짜 하나로 괜찮겠어요?"

"어차피 다른 것들은 쓸데도 없고. 정 그러시면 다음에 먼저 고르게 해주세요."

하지만 원래 개똥도 약에 쓰일 때가 있는 법!

"그럼 이건 제가 갖겠습니다."

"네."

웃으며 상자를 챙기자 슬쩍 훑어보던 강예슬이 다가왔다.

철없이 살지만 필요할 땐 은근 눈치가 빠른 그녀!

냄새를 맡고 수상한 눈빛으로 상자를 훑었다.

"오빠, 혹시 그것도 명당 있는 거야?"

"명당?"

"아니, 왜. 좋은 거 나올 확률 높여주거나 그러는 거!"

"……내가 무슨 무당도 아니고."

그런 게 있었으면 게임에서 이러고 있겠냐. 당장 돌아다니며 복권이나 긁고 있겠지.

그 생각을 하지 않은 건 아니지만 안타깝게도 이런 식의 확률은 적용되지 않는다.

다만, 다르게 활용할 방법 정도는 생각해 낼 수 있지.

"후후후."

호갱님들을 만났을 때나 짓던 미소가 그의 입가에 걸렸다.

남은 아이템들을 어떻게 나누는지 신경 끈 한시민이 모루를 꺼냈다.

"뭐 해?"

"뭐 하긴."

보면 모르겠니.

모루를 바닥에 놓고 그 위에 상자를 올린다.

"……!"

"설마!"

누구도 예상하지 못했겠지.

그 역시 가죽 주머니를 강화해 사용한다는 식의 접근을 떠올리지 못했더라면 이런 쪽으로 응용해 보리란 생각 자체를 하지 않았을 테니까.

랜덤 박스의 강화!

"궁금하지 않아?"

"……."

궁금하고 어이가 없다.

어떻게 저런 생각을 하지?

너무나 당연한 발상임과 동시에 게임을 많이 플레이한 유저로서 충격적인 생각이다.

일반 게임에선 유저를 틀에 가두고 행동하게 만드니까.

지나가며 보이는 돌멩이, 건물을 강화한다는 건 불가능한 일이었으니까.

하나 여기선 가능하다.

"랜덤 박스를 15강 하면 어떤 보상이 튀어나올까?"

"……."

질문하는 한시민조차 결과를 상상할 수 없다.

베타고, 그 빌어먹을 인공지능은 이런 생각을 해내는 한시민조차도 깜짝 놀랄 만큼 현실감 넘치는 게임을 만들어냈고, 유저의 상식을 뛰어넘는 인공지능들을 구현해 냈으며, 동시에 게임의 규칙을 파괴하는 한시민의 초자연적인 힘에 대해 제재를 걸 만큼 똑똑한 놈이니까.

해서 그냥 지를 뿐이다.

'뭐든 나오겠지.'

아니면 말고.

"간다."

"……대박."

게임이기에 가능한 도박.

그 장면은 스페셜리스트 생방송 채널로 생중계 되고 있었다.

Episode 7.

대박에 대박을 더하면

1

판타스틱 월드 방송 스트리밍 종류는 두 가지다.

유튜브와 같은 영상 업로드와 실시간 방송 채널.

대중에게 널리 알려진 두 가지 방식의 영상 제작은 전자의 경우 조회수로, 후자의 경우엔 유료 아이템으로 수익을 올린다.

판타스틱 월드를 업으로 삼고 돈을 벌기 위해 플레이하는 유저 대부분은 당연히 개인 방송 채널을 가지고 있을뿐더러 전문 영상 편집자를 구해 매일 플레이 영상 하이라이트들을 채널에 올려 부수입을 챙긴다.

스페셜리스트 역시 마찬가지.

판타스틱 월드 주요 콘텐츠인 시나리오 퀘스트의 줄기를 실시간으로 공개해 온 이들이다. 당연히 1막의 마지막 보스, 네임드 몬스터 일루전과의 전투를 방송으로 내보내고 있었다.

시청자 수는 평균적으로 1~2천 명 정도였지만 홍보가 아예 없는 상황에서 하루에도 수백 개씩 등장하는 새로운 채널들을 생각해 본다면 적은 숫자는 아니었다.

그럴 수 있었던 이유에는 정설아와 강예슬이 있었다!

판타스틱 월드를 플레이하지 않는 사람들조차도 그녀들을 보기 위해 하루 8시간 이상씩 꾸준히 시청하는 경우도 생기는 와중…… 일이 벌어졌다.

—뭐임? 저거 보상으로 나온 거 아님?

—ㅇㅇ 그런 거 같은데. 저런 것도 강화가 되나?

—굳이 따지자면 저것도 보상 아이템이 맞긴 한데…….

—문제는 저걸 강화해서 나오는 아이템이 좋은가지.

한시민과 셋 사이의 유쾌한 거래를 보던 시청자들이 그의 기이한 행동에 반응을 보였다.

그들은 제삼자 입장에서 보다 냉철하게 상황을 판단했다.

—강화사니까 강화 비용은 없다고 쳐도, 1번에 1골드인데 손해 아닌가?

—10강까지 터지지 말라는 법도 없고. 한 20골드 써서 10강

한다 해도…….

—적어도 유니크는 나와야겠는데?

방송을 보는 이들 중 판타스틱 월드를 직접 플레이하는 유저의 비중은 그렇게 많지 않다.

전 세계를 통틀어 천만이 넘는 유저를 유치한 대단한 게임이지만 캡슐이 비싸다는 점은 일반인들에겐 여전히 큰 부담으로 다가오니.

당연히 한시민의 능력에 대해 아는 사람도 별로 없다.

—터져라, 터져라!

—터지면 개꿀잼 각인데.

하나 어찌 됐든 보는 입장에서 강화만큼 흥미로운 콘텐츠는 없다.

자기 돈 쓰는 건 아니지만 대리 만족을 얻을 수 있고 실패한다 해도 남 잘되는 꼴을 안 봐도 되니 기분 좋고!

스페셜리스트의 공식 채널은 그렇게 메인 퀘스트 1막의 종료와 골 때리는 강화의 서막에 입소문을 타고 시청자가 늘기 시작했다.

예견된 수순이었지만 도화선이 몇 배는 빠르게 타올랐다.

—아! 까비. 성공이네.

—ㄴㄴ 어차피 4강 정도까지는 거의 성공함.

—관건은 터지기 시작하는 8강이지.

—옛날 생각나네. 큐브 돌리다 멘탈 부서지는 방송 재밌었는데.

—ㅇㅈ. 이 방송 컨셉 잘 잡은 듯. VJ 와꾸도 훌륭하고.

한 번 강화에 천 명씩.

보스 방에서 나와 유적 내부를 돌아다니며 랜덤 박스를 망치로 두드리는 한시민의 영상만이 계속 나올 뿐이지만, 시청자는 줄어들 생각을 않은 채 하늘을 향해 치달았다.

—뭐야, 이 방송 원래 많아 봐야 2천 명인데. 벌써 2만 명임.

—엥?

—난 다 필요 없고 설아느님만 있으면 된다. 내일 해풍선 쏴야지.

—여기 열혈 달면 저분들 만날 수 있는 거임?

시청자가 붙기 시작하면 원래 관리해야 한다.

채널 즐겨찾기라든지 팬 가입이라든지. 다음 방송 때도 꾸준히 찾아올 수 있도록 소통도 필수.

하지만 재벌 3인방은 그런 사소한 것들까지 신경 쓸 만큼 돈에 부족함을 느끼는 사람들이 아니었다.

촬영은 하지만 채팅은 꺼놓는다!

—저기. 채팅 보고 있긴 한 거임?

—아니, 제발 채팅 좀 읽어주셈.

—내 채팅 읽어주면 해풍선 2천 개 쏜다.

—으아아악! 지금 몇 강이냐고! 말해달라고!

덕분에 채팅창은 난리 났다.

채팅창을 관리하는 매니저조차 없는 혼돈의 도가니!

하나 그럼에도 시청자 수는 여전했다.

아니, 더 올라갔다.

어쩔 수 없는 수순.

성공할 수밖에 없는 코드인 강화다. 더군다나 그냥 얼굴만 들이밀어도 수천만 원씩 벌어들일 미녀 두 명이 전 세계에서 가장 유명한 게임의 메인 퀘스트를 최초로 클리어했다.

지금까진 묻혀 있었지만 일정 시청자 수가 넘어 판타스틱 월드 공식 채널의 메인에 뜬 이상 허튼짓만 하지 않는다면 떨어질 수가 없는 것!

—콘셉트 죽이네.

—볼 거면 봐라! 재미만은 책임진다!

—크, 사실 난 채팅 안 읽어줘도 됨. 설아느님 얼굴만 보인다면.

—난 예슬이가 좋더라. 카와이.

—이 방송 보려면 익숙해져야 함. 나 판월 오픈한 날부터 이 방송 봤는데 채팅창 읽는 꼴을 못 봤다.

랜덤 박스의 강화 숫자가 쌓여갈수록 시청자도 늘어갔다.

물론, 방송하는 당사자들은 모르는 사이.

2

[강화에 성공했습니다.]

클리어된 유적 내부를 돌아다니며 남은 몬스터를 처리하는 동시에, 강화를 진행하다 보니 랜덤 박스는 어느덧 11강이 되어 있었다.

[+11 랜덤 박스(시나리오 퀘스트: 1막)]

* 등급: Normal

* 옵션 1: 개봉 시 랜덤으로 아이템이 떨어진다.

여전히 변함없는 설명.

앞에 11강만 붙었을 뿐 달라진 게 없다.

"흠."

"그만하는 게 어때? 별거 없는 거 같은데."

지켜보던 강예슬이 실망한 표정으로 말했다.

자기 것도 아닌데 한시민보다 더한 상실감을 내보이는 모습!

그만큼 흥미로 게임을 하는 그녀에게 한시민의 행보는 신기하고 흥미로웠다.

이번에도 기대했기에 실망도 그만큼 큰 법.

하나 한시민은 고개를 저었다.

"남자가 칼을 뽑았는데 오크라도 베야지!"

결연하게 외치는 그의 두 어금니는 앙다물어져 있었다.

분노!

'미친 거 아냐? 100만 원 넘게 처먹고 아무런 변화가 없네?'

설마 이런 식으로 뒤통수를 치는가! 적어도 등급 정도는 레어로 올라가도 괜찮잖아!

없던 오기도 생긴다. 평소였다면 당장 때려치웠겠지만 지금의 한시민은 그때완 다르다.

'어차피 나가면 돈 생기니까…….'

받아야 할 돈이 있기에 배짱부려 본다!

게다가 애초에 여유가 없었으면 이런 식의 도박은 꿈도 꾸지 않았을 것이다.

'15강 해도 그대로인지 보자.'

사실 불안하지 않은 건 아니다.

만약 15강도 지금처럼 별다른 변화가 없다면?

사람은 확인받길 원하는 동물이다.

강화에 따라 랜덤 박스에서 나올 아이템의 수준이 높아진다고 해도 툴 팁에 표시되지 않는다면 그건 아무런 도움이 되지 않는다.

"후우."

해서 심호흡하고 다시 도전했다.

유적에서 나온 상자라 그런지 명당 찾기는 어렵지 않았다.

"4개……."

남은 강화석으로 15강까지 간다!

판월에서 두 번째 15강 아이템이 노말 등급의 랜덤 박스라는 게 슬프긴 하지만.

"제대로 된 거 안 주기만 해봐라. 내 전 재산 털어서라도 초보자 단검 15강 복사해서 뿌리고 게임 망친다."

부들부들 떨리는 손을 진정시키며 다시 움직였다.

변화는 12강부터 일어났다.

성공 확률 1%.

세상에 기적을 알리는 순간.

[+12 랜덤 박스(시나리오 퀘스트: 1막)]

* 등급: Rare

* 옵션 1: 개봉 시 랜덤으로 아이템이 떨어진다.

"……!"

등급이 올랐다!

그것은 작은 희망의 촛불이었다. 무려 12골드라는 거금을 투자한 한시민의 불안감을 단번에 잠식시키는!

"와!"

감격의 눈물이 차오른다.

여전히 변한 건 아무것도 없고 랜덤으로 아이템이 떨어진다는 사실은 변치 않았겠지만, 그래도 뭔가 좋아진 것 같다! 최소한 레어 등급의 아이템은 나올 것 같다.

"혹시……."

13강 하면 유니크가 되지 않을까?

"대박! 오빠, 그거 13강 하면 유니크 되는 거 아니야? 남은 강화 횟수랑 등급이랑 똑같은데?"

"그럴 것 같지?"

"등급에 따라 최솟값이 결정되는 거면 대박이네요."

강예슬과 정설아도 가까이 다가와 붙어 기대하는 눈빛을 보내왔다.

이 강화의 끝은 어떻게 될까!

퀘스트가 완료된 마당에 유적 밖으로 나가지 않고 한시민을 쫓아다니는 이유.

13강 명당을 찾은 한시민이 인상을 찌푸렸다.

그러곤 다시 일어나 조금 전 죽인 몬스터의 사체를 들고 와 단검으로 분해하기 시작했다.

"아, 귀찮아."

슥슥.

사체가 분해되어 한시민에게 필요한 내장을 토해낸다.

그리고 올리는 제물!

탕! 탕!

"떨려, 언니. 터지면 어떻게 하지?"

"그런 재수 없는 소리 하는 거 아냐. 응원해 드리자."

"……저기요. 왜 당사자보다 더 이입하고 계세요."

본인보다 긴장하는 두 여인에 잠시 흐름이 깨졌지만.

팟-

[강화에 성공했습니다.]

무사히 13강에 성공했다.

비루하고 낡은 상자에서 흘러나오는 은은한 황금빛! 쓰레기를 골동품으로 만드는 마법!

망치를 내려놓은 한시민은 등급부터 확인했다.

[+13 랜덤 박스(시나리오 퀘스트: 1막)]

* 등급: Unique

* 옵션 1: 개봉 시 랜덤으로 아이템이 떨어진다.

"됐다!"

"오오! 유니크!"

"대박!"

시큰둥한 눈빛으로 보는 정현수를 제외하고 분위기가 과열됐다.

짐작이 맞으면 지금 당장 열어도 최소 유니크 등급의 아이템이 나온다!

이 얼마나 사기적인 결과인가.

물론, 강화 확률을 조절하는 말도 안 되는 능력자이기에 가능한 일이지만.

"오빠, 고! 고고!"

"여기서 그만하는 게 낫지 않아요? 14강은 파괴 확률이 좀 높은데. 스페셜 등급이면 걸어보는 것도 나쁘지 않지만……."

두 가지 의견이 한시민조차 판단하기 전에 등장했다.

모두 그의 진짜 능력은 모르지만 적어도 26%의 확률은 안고 시작한다는 걸 알기에 나올 수 있는 말들!

"좋아, 달린다!"

남의 조언은 살면서 지금껏 귓등으로도 들은 적이 없는 한시민이 상자를 들고 명당의 위치를 느끼더니 결정했다.

기준은 하나.

가까우냐 아니냐!

다행히 14강도 유적 내에서 해결 가능했다.

"간다!"

"잠깐."

설레는 맘을 안고 아까보다 훨씬 가벼운 발걸음을 정현수가 제지했다.

어깨동무를 한 채 나아가던 셋의 시선이 그를 향했다.

잠시 못마땅한 표정으로 한시민과 정설아의 접촉을 보다 이내 지금껏 그들이 잊고 있던 중요한 사실을 말해주었다.

할 게 없어 이것저것 뒤지던 정현수도 조금 전 발견한 것.

"방송 켜져 있는데?"

"……엥?"

웬 방송?

금시초문인 한시민이 시선을 돌렸고 당황한 정설아 역시 마주 돌렸다.

숨결이 닿을 거리에서 눈빛이 마주쳤다.

3

[방송이 종료됐습니다.]

지켜보던 2만여 명의 시청자의 탄식이 절로 내뱉어지는 문장!

-뭐야, 왜 갑자기 방종?
-VJ님이랑 옆에 남자랑 사귐?
-아니, 지금 몇 강이냐고오오오오오!
-아, 방송 개같이 하네.

한마디 얘기 없이 방송을 종료하는 패기에 보던 시청자들은 쉽사리 방송을 종료하지 못했다.

-튕긴 건가?
-방송 끊긴 타이밍 보면 그런 것 같진 않은데.
-판월 방송에서 튕겼다는 말은 처음 들어봄. 베타고가 잠깐 존 게 아니라면 내가 볼 땐 그냥 끈 거임.
-왜???????????????????????????

30분이 지나도 여전히 1만 명을 유지하고 있는 종료된 방송.
뭔가 싶어 들어왔던 사람들 역시 반란에 동참했다.

-아나! 방송 다시 켜라고!
-그래서 13강 유니크 됨?

—지르는 거야, 마는 거야.
—시바. 더럽고 치사하지만 궁금하다.
—제발 뭐 나오는지 보여주세요.

급기야 현금으로 환전이 가능한 해풍선이 터지기 시작했다.

—'방송켜라' 님께서 해풍선 100개 선물!
—'제발공개해라' 님께서 해풍선 333개 선물!
—'설아여신' 님께서 해풍선 1,004개 선물!

실시간 방송 스트리밍에선 이례 없던 일! 종료한 방송에 쏟아지는 해풍선이라니!

시청자들의 이런 열화와 같은 관심 덕분일까. 방송이 켜지지는 않았지만 VJ 아이디로 한 줄의 채팅이 올라왔다.

그것은 링크였다.

—뭔지는 모르지만 타고 본다.
—스벌. 내 장기 털려도 보고야 말겠다.
—님들 속보! 랜덤 박스 15강 됨!
—헐, 미친.
—박스 오픈하는 방송 링크라네요. VJ는 랜덤 박스 강화하던 분인 듯?

한시민의 개인 채널로 향하는 링크.

스페셜리스트의 채널에 유입되었던 시청자들이 그쪽으로 향하기 시작했다.

4

[강화에 성공했습니다.]

[전설의 업적! 스탯 포인트(32)를 획득했습니다.]

[15강 성공 횟수: 2]

이번에도 고비를 넘겼다.

87%.

결코 낮지 않은 수치임에도 15강이라는 이유만으로 떨리는 순간.

다행히 13%는 배신하지 않았고 선물도 주었다.

['+15 랜덤 박스'가 '+15 특별한 랜덤 박스'로 진화합니다.]

['+15 특별한 랜덤 박스'에 특수 옵션이 추가됩니다.]

진화 확률은 얼마인지 알 수 없다.

다만 운 좋게 진화했고 23%의 추가 확률로 특수 옵션까지 붙었다.

도전한 자, 그리고 투자한 자에게 다가오는 보상!

[+15 특별한 랜덤 박스(시나리오 퀘스트: 1막)]

* 등급: Legendary

* 옵션 1: 개봉 시 랜덤으로 아이템이 떨어진다.

*** 특수 옵션 1: 떨어진 아이템에 특수 효과가 붙을 확률 상승**

"……!"

소박하지만 임팩트 넘친다.

기대가 잔뜩 된다.

준비는 끝났다.

"후후."

무대가 마련되었으니 이제 남은 건 관객들!

홀로그램을 열어 시청자가 몇 명인지 확인해 본다.

스페셜리스트의 채널에서 보던 이들의 숫자가 반투명한 채팅창에 표시된다.

"헐."

"왜? 뭐야, 뭐야?"

"많이 왔어요?"

원래 2만 명이 넘게 보았지만 채널을 옮기고 VJ가 남자로 바뀌었는데 아까와 같기만을 바랄 순 없다.

하지만 그걸 감안하더라도 많다.

"15,000명."

"……와!"

"대박."

물론 강예슬이나 정설아나 많은 시청자에 기뻐 날뛰는 사람은 아니다. 투자하는 만큼 벌기 위해 부수적으로 채널을 운영하는 사람들이니까. 그렇기에 망설임 없이 한시민의 채널을 링크로 공유할 수 있었던 것이고.

그들이 신난 이유는 곧 열릴 상자에 대한 기대 때문!

"빨리 열어봐. 궁금해."

"잠깐."

읽을 틈도 없이 빠르게 올라가는 채팅.

베타고에 의해 전 세계에서 보는 사람들의 말은 통역되어 채팅창에 올라온다.

—빨리! 빨리!

—질러라. VJ야, 질러 질러!

—이 건방진 새끼! 시청자 기다리게 할 거냐!

그 와중에서도 자신을 향한 욕은 귀신같이 집어낸다.

상자를 열려다 말고 잔뜩 인상을 찌푸린 채 채팅창에 집중하는 한시민.

"이런 개……."

우리 부모님이 일면식도 없는 놈한테 욕먹으라고 날 키워 줬을 리 없다!

분노에 몸을 떨던 한시민이 갑자기 홀로그램을 만지기 시작했다.

메소드 연기엔 다 이유가 있는 법.

'후후.'

인상을 찌푸리고 욕설에 민감하게 반응하고!

밑밥은 충분히 던졌다.

"죄송한데 유료 시청으로 전환하겠습니다."

말과 함께 화면이 끊겼다.

순식간에 시청자의 수가 0이 되었다.

방송 전환.

"오잉?"

방송 상태를 보던 강예슬의 시선이 상자에서 그에게로 향했다.

납득할 수 없는 상황!

15,000명의 시청자를 한순간에 버리다니?

"미쳤어, 오빠?"

유료 방송?

좋다.

지금 같은 상황에서의 전환은 분명 반발이 심하겠지만 결제도 많이 유도할 수 있다.

하지만 장기적으로 보면 너무 속 보이는 장사가 아닌가!

방송을 통한 수익은 많은 시청자를 기반으로 해풍선이나 채널에 올리는 동영상 조회수로도 채울 수 있다.

아니, 오히려 동영상 조회가 돈이 더 된다는 사실은 이미 여타 플랫폼에서 증명된 바!

“다 필요 없어.”

하지만 한시민은 단호했다.

그 역시 알고 있는 사실이지만 판단은 달랐다.

“내 채널을 유료로 볼 만한 가치가 있는 채널로 만들면 그만!”

“……와, 패기 봐.”

요즘이 어떤 세상인가!

개인의 취향에만 맞으면 취미에 돈 쓰기를 주저하지 않는 신세대들이 이끄는 세상이다.

게다가 한시민의 능력은 그들에게 대리 만족을 느끼게 만들 만큼 희귀하다.

그거면 충분하다.

“입장료 천 원.”

“오빠, 나랑 사귈래? 완전 멋져.”

“꺼져.”

쿨하게 또 한 번 까고 자리에 앉아 기다렸다.

“10분만 기다려야지.”

“그냥 여는 게 나을지도?”

“괜찮겠어요?”

배짱부렸다가 쪽박 찰 수도 있다.

하나 그냥 진행했어도 돈을 벌지 못하는 건 매한가지다.

‘남자한테 해풍선 쏘겠나. 다들 그냥 구경만 하고 가겠지.’

한때 개인 방송을 즐겨보던 한시민이기에 잘 알고 있다.

그 역시 아무리 재밌어도 단 한 번도 남자 VJ에게 해풍선을 쏴본 적이 없다.

그럴 바에 조금이라도 유료 시청자들에게서 돈을 벌고 채널에도 동영상을 올려 조회수를 높이자! 이 정도 영상이면 어찌 됐든 일정 조회수는 벌 수 있을 테니까.

이런 발상은 역시 방송으로 수익이 나오지 않아도 돈을 벌 수 있다는 자신감에서 나왔다.

“후우.”

물론 긴장되는 건 사실이다.

‘제발 100명이라도.’

간절한 기도와 함께 눈을 감았다.

10분은 빠르게 지나갔고 서서히 채팅창이 욕과 함께 올라가기 시작했다.

긴장되는 순간.

보잘것없는 상자였던 박스에서 흐르는 진홍빛 오라.

어쩌면 레전더리 등급 아이템이 나올지도 모른다는 기대는 상자로 향하는 손을 떨게 만든다.

'제발.'

그렇게만 된다면 바로 억만장자다. 유저 최초의 레전더리 아이템일 테니까.

당장 옆에서 지켜보는 셋 중 한 명에게 어떤 아이템인지 공개하지 않고 팔아도 억대는 충분히 받을 수 있으리라.

그래서 더 떨렸다.

만약의 상황이란 게 있으니까.

'시바, 진짜 개 같은 거 나오기만 해. 게임 망하게 한다는 거, 구라 아니니까.'

불안감에 절로 욕이 나온다.

이랬는데 노말 아이템, 그것도 쓸모없는 게 나온다면 어쩌지.

"후우우."

깊은 심호흡을 하며 안 좋은 생각은 떨쳐 버렸다.

'좋은 생각에 좋은 일이 깃드는 법.'

긍정적으로 생각하자. 15골드나 썼잖아, 시민아.

열다섯 개의 강화석이 개당 2골드에 강예슬에게 팔았던 것임은 까맣게 잊은 채 상자를 열었다.

조심스럽게, 그러면서도 남자답게!

"에라, 모르겠다!"

팟—

굳건히 닫혀 있던 상자가 열리고…….

"어?"

"……뭐야, 한 개야?"

작은 반지 하나가 밖으로 튀어나왔다.

조촐하고 단조로운 은반지였다.

"……."

한시민의 표정에 대놓고 실망이 깃들었다.

"푸푸푸풉. 오빠, 너무 노골적인 실망 아냐?"

"그 입 다물라. 막아버리기 전에."

"입술로 막는다면 환영!"

"주먹으로 막아줄 수도 있지."

대꾸하면서도 시선은 바닥에 떨어져 있는 은반지에서 떨어지지 않았다.

혹여 상자 안에서 아직 나오지 못한 친구들이 있나 확인도 해봤지만 은반지 외엔 보이는 게 없다.

이거 하나라는 뜻!

인생이 허망해졌다.

이걸 위해 이토록 노력했던가!

"아냐!"

무력함 속, 기운을 차렸다.

아직 모른다!

끝날 때까지 끝난 게 아니니까.

비록 겉모습은 스탯 한두 개 올려주고 끝날 것 같은 은반지지만 혹시 모르지 않은가!

보기에만 저럴 뿐 레전더리 아이템일지도!

은반지를 주웠다.

"……!"

그리고 실망은 곧 환희로 바뀌었다.

"으하하하하하!"

5

오랜만에 캡슐 밖으로 나온 한시민은 곧바로 침대에 뛰어들었다.

평소였으면 누울 틈도 없이 씻고 밥 먹고 다시 캡슐에 누웠겠지만 지금만큼은 자신에게 휴식을 주기로 했다.

"잘했어, 시민아. 훌륭한 도박이었다."

그럴 만하다.

대박을 쳤으니까!

무려 두 개나.

—하늘 은행 예금주 한시민. 강예슬 230,000,000원 입금.

노력의 대가와.

[축복의 반지]

* 등급: Legendary
* 착용 레벨: 1
* 옵션 1: 획득 경험치 +30%
* 특수 옵션 1: 네임드 몬스터 처치 시 추가 경험치 +50%

랜덤 박스 아이템까지.

당장 게임을 때려치워도 될 만큼의 수익!

"하, 내 인생에 드디어 이런 날이 오는 구나."

막상 남들이 부러워할 만한 능력을 얻었으면 뭐하나! 능력을 뒷받침해 줄 게임이 없었는데.

기다림 끝에 하나의 현실이나 다름없는 게임이 출시됐고 이제 꽃길만 걸으면 된다!

"으흐흐."

자고 일어나면 등이 쑤신 이런 거지같은 침대와도 안녕이다.

행복한 생각들이 절로 머릿속을 지배한다.

"뭐부터 하지?"

자고로 돈이란 들어오자마자 써줘야 제 맛!

침대에서 일어난 한시민이 씻기 시작했다.

"룰루!"

근 한 달 만에 면도도 하고 빳빳한 옷도 입고!

굳게 닫혀 있던 원룸의 문이 열렸다. 길을 걸으면서도 판타스틱 월드에 대한 생각을 하는 건 변하지 않았지만 그러면서도 곧바로 공인중개사를 찾았다.

"그럴싸한 오피스텔로 옮겨야지."

사람이 버는 이유는 다 잘 먹고 잘 살기 위함!

하루 종일 게임하느라 그 좁은 원룸마저도 좁다 느끼지 못할 만큼 바쁘게 살지만, 찬물 나오고 벌레와 함께 사는 원룸에서 벗어나 쾌적한 삶을 사는 기분이라도 느껴보자!

그러다 더 모으면 알짜배기 동네에 집 한 채 사고!

또 모으면 차도 허세용으로 하나 사고!

그 뒤에 열심히 모아 건물을 사서 게임 따위 하지 않아도 평생 놀고먹을 수 있는 환경을 만드는 것이다!

"으하하하하!"

물론 대한민국에 살아가는 90% 이상의 사람들이 꿀 꿈이겠지만, 그리고 한시민이 20살 때부터 꾸어왔던 꿈이지만 지금은 그때와 다르다.

가능성을 보았지 않은가!

2억 3천.

거기다 축복의 반지는 제대로 경매를 붙이고 가격을 높이면 몇 배는 더 받을 수 있을지도 모른다.

현실감 넘치는 게임에서 캐릭터의 성장을 가속화시켜 주는 아이템이라니.

돈 있는 사람들은 집문서를 팔아서라도 사고 싶은 아이템이다.

게다가 등급도 말해주고 있다.

경험치 관련 아이템은 적어도 레전더리가 아니라면 꿈도 꾸지 말라!

'강화해서 팔면 적어도 20억은 받을 수 있지 않을까?'

상상만 하는데 침이 흐른다.

게임해서 건물 사는 건 더 이상 옛날 소설에서나 나오는 허황된 꿈이 아니다!

"아저씨, 적당히 위치 좋은 오피스텔요! 월세로. 따뜻한 물 나오고 벌레만 안 나오면 됩니다!"

꿈을 실은 한 걸음을 내디뎠다.

근처에 식당도 많고 역도 가까운 곳의 오피스텔 월세를 구하는 건 어렵지 않았다.

며칠 뒤로 입주 날짜를 잡고 혼자 한우를 구워 먹고 돌아온 한시민은 곧바로 캡슐에 누웠다.

"너무 오래 쉬었다."

반나절이나 여유를 부리다니!

평범한 온라인 게임이었으면 레벨 랭킹이 뒤집히고 트렌드를 놓치고도 남을 시간!

"반성해야지."

판타스틱 월드 역시 마찬가지지만 그나마 한시민은 레벨에 관계없이 플레이 가능하기에 상관없었다.

"판월 등급도 좀 올리고."

접속하기 전, 유저 최초의 레전더리 아이템과 15강 단검, 그리고 13강 방어구들을 자랑 삼아 올린 뒤 접속하는 그의 입가엔 미소가 가득했다.

이런 꿈과 희망의 게임을 봤나.

빨리 들어가서 또 돈 벌어야지!

기대와 함께 접속하자마자 보이는 스페셜리스트의 길드 건물.

그리고 길드원 셋!

"……왜 여기 다 모여 계세요?"

웃던 그의 입가에 미소가 옅어졌다.

뭐지? 저 눈빛들은.

"마치 내가 들어오기만을 기다렸다는 그 눈빛들 좀 치우시죠?"

"오빠앙~"

"뭔지 몰라도 너한테 내가 뭘 해주는 일은 없을 것 같다."

강예슬을 밀어내니 이번엔 정현수였다.

평소 그를 못마땅하게 보는 걸 생각해 보면 의외의 접근!

정현수는 단도직입적으로 의견을 표현했다.

"그 반지, 사고 싶다."

"……네?"

"축복의 반지. 팔 생각 있으면 우리한테 팔아줘."

"아아!"

그거 때문에 그렇게들 심각한 표정으로 기다리고 있었구나.

하긴, 똥줄 탈 만한 아이템이긴 하지.

슬쩍 손을 들자 왼손 약지에 끼어져 있는 조촐한 은반지에 시선이 집중된다.

레전더리 등급치고 뽀대가 안 나서 그렇지, 옵션 하나만큼은 그야말로 사기니까.

"당연히 팔면 스페셜리스트에 팔아야죠. 비록 비즈니스 파트너 정도의 느낌으로 길드에 가입했지만 저도 꽤 많은 도움을 받고 있으니까요."

진심으로 하는 말에 셋의 표정에 안도가 서린다.

경험치 보너스 30%는 그만큼 가치 있는 수치!

'에휴, 페널티만 없었어도.'

아니, 적어도 페널티가 200% 정도만 됐어도 한시민이 직접 낄 생각도 마다않을 정도다.

하나 어쩌겠나. 강화해 보정 받는 수치가 높아진다 해도 본전을 못 찾는데.

레벨 업에 보다 수월함을 느끼기야 하겠지만 조금이라도 일찍 파는 게 더 많은 이익임을 알기에 빠르게 포기했다.

“팔긴 팔 건데 우선 좀 기다리세요.”

“……?”

“강화 좀 해서 팔게요.”

“……!”

해서 미련 없이 판매 의사를 내보였다.

그러곤 슬쩍 떡밥을 뿌렸다.

“한 2주? 더 걸릴 수도 있고. 강화 끝나면 아이템 링크 보내드릴 테니 가격 생각해 두고 계세요.”

가격이 마음에 들지 않으면 딴 놈한테 팔아버리겠다!

길드원끼리의 정은 먼저 입찰할 기회를 주는 것만으로 충분하다.

“어차피 메인 퀘스트 2막은 50레벨 달성해야 하니까 사냥하고 있을게요.”

“네, 그럼 다녀올게요.”

결연한 표정으로 고개를 끄덕이는 정설아를 보며 길드 건물을 나섰다.

잔뜩 허세를 부렸지만 누구보다 떨리는 사람은 한시민이었다.

‘시민아, 인생역전 한번 해보자!’

고객을 찾을 필요도 없다.

알아서 통장을 열고 기다리는데 못 찾아 먹으면 그게 멍청이다.

'무슨 수를 써서라도 15강 한다!'

그러기 위해 약간의 준비는 필요하다.

그의 발걸음이 강화소로 향했다.

6

인간은 배우기에 발전한다.

모자란 부분이 있다면 채울 수 있고 그렇기에 미래는 더 찬란한 법!

한시민 역시 유적 레이드에서 많은 걸 배웠다.

또 많은 걸 얻었고.

'내 거 강화하는 데 아끼지 말자.'

돈 벌기 위해 생각 없이 마구 강화하던 시절은 잊어야 한다.

판타스틱 월드는 단순히 몇 달 뽑아 먹고 버려질 게임이 아니라는 사실을 직접 플레이하면서 느꼈고, 유저들이 게임에 투자하는 액수를 보며 알았다.

좀 더 치밀하게 미래를 본다!

그러기 위해 그의 능력을 남들에겐 자제하기로 했다.

'통제하고 가격을 올려야 해. 명품이 흔해지는 것만큼 값어치 떨어지는 일은 없으니까.'

발목 담그는 정도로만 배운 경영학이 여기서 도움을 주었다.

사실 진작 하던 생각이었지만 결심으로 옮기게 된 계기는 강예슬! 그녀의 14강 지팡이였다.

'고작 20레벨, 그것도 레어 등급의 아이템이 진화했는데 말도 안 되는 특수 효과가 붙었다.'

물론 그의 15강 진홍빛 단검에 붙은 특수 옵션들도 결코 나쁜 게 아니다.

힐러도 아닌 주제에 사용할 수 있는 레전더리 힐은 아직 효과를 보지 않았지만 큰 도움이 될 테고, 회수할 수 있다는 이점은 상대방으로 하여금 보다 많은 경우의 수를 생각하게 만들 수 있으니까.

하지만 그냥 가지고 있는 것만으로 주변 유저들에게까지 영향을 미치는 오라와는 비교할 수 없다.

이를테면 버프가 아닌가! 아무 대가가 필요 없는, 그저 그 아이템만 가지고 있으면 되는.

'이런 개 사기 같은!'

생각해 보라! 홀로 무쌍도 좋지만 그 효과를 단체로 받는 길드의 존재를!

소름 끼칠 정도다.

해서 한시민은 자신의 능력을 재평가했다.

'12강 이상의 아이템은 결코 쉽게 만들어줘선 안 돼.'

생업이 달린 일이다. 어떤 상황에서든 마음을 굳게 먹기로 했다.

상부상조하는 스페셜리스트에게도 100% 강화는 써주지 않으리라.

'30%, 아니, 한 40%까지는 몰라도.'

10%당 가격을 받은 전례를 남겼기에 입꼬리가 절로 올라간다.

역시 이래서 장사 초기엔 호구를 잘 잡아야 한다. 이런 블루 오션에선 첫 거래가 곧 시장의 기준이 되니까!

"으흐흐."

보람찬 미래 계획과 함께 다음으로 선택한 것은 방어구 강화!

현재 입고 있는 방어구들을 15강 할 생각이었다.

원래는 대충 입다 더 높은 레벨의 좋은 방어구를 구해 강화하려고 했었지만 20레벨부턴 필요한 게 많아진다.

특히 레어 등급 이상부터는 제물이 들어간다는 사실을 알았기에 마음이 바뀌었다.

분명 방어구도 좋은 걸 쓰는 게 맞지만!

'돈 아까워.'

굳이 당장 필요하진 않으리라.

해서 비교적 강화가 쉬운 가죽 방어구들을 15강을 한 뒤에 방어구는 당분간 잊을 예정!

"스승님!"

그를 위해 강화소 문을 열었다.

강예슬에게 받은 돈 중 2천만 원을 환전해 온 상황이기에 외치는 목소리는 당당했다.

더 이상 구걸은 없다.

원래 있던 150골드까지 합치면 무려 350골드나 되는 재산! 당분간 강화석 걱정은 필요 없으리라.

"뭐냐."

"아니, 제자를 보고 그렇게 시큰둥하게 인사하시면 오기가 싫어지잖아요."

"오지 말든가."

"또 그럴 순 없죠."

나름 내 은인이신데. 뽑아 먹을 것도 많으시고!

주섬주섬 짐을 챙기고 있는 칸에게 슬쩍 다가가 물었다.

"어디 가세요?"

"제국에 간다."

"에? 왜요?"

대충 안부나 물으려던 질문이었는데 궁금증을 유발하네.

삐딱하던 자세를 고쳐 앉자 피식 웃으며 대꾸한다.

"매년 제국에서 개최하는 강화사들의 축제가 있다."

"아아."

"너도 갈 테냐?"

"저도 가도 돼요?"

모험가 나부랭이가?

"가문의 일원이라면 누구든 참여 가능하다. 황제 폐하 주최하에 가문 간의 강화 대결도 있으니 거기서 활약한다면 큰 상도 받을 수 있고."

띠링-

['강화사들의 축제'를 수락하시겠습니까?]

"……!"

뭐야!

갑작스레 등장하는 퀘스트에 미간이 절로 찌푸려진다.

예상치 못한 타이밍에 치고 들어오는 퀘스트라니! 이런 식으로 나오면…….

"당연히 가야죠!"

[퀘스트를 수락합니다.]

[강화사들의 축제]

* 등급: A
* 내용: 벤 제국은 대륙의 다섯 영웅 중 하나였던 전설의 강화사의 후예들을 위해 매년 축제를 열어왔다. 강화사들 간의 화합을 다지고 가문의 위상을 높이는 자리! 칸 가문의 자존심을 세

우고 제국에 이름을 알리자.

* 보상: ???

게임을 시작한 지 얼마 되지 않아 뭐가 뭔지 몰라도 하나는 확신할 수 있다.

'제국 스케일!'

황제가 주관하고 대륙 강화사들이 다 모이는 자리!

강화 한 번에 수십만 원씩 챙기는 사람들을 모아놓고 벌이는 축제는 또 얼마나 클까?

거기다 한시민의 주 종목인 강화를 두고 경연을 벌인다는데 참여하지 않는다면 차려진 밥상에 숟가락도 못 얹는 병신이다.

한 치의 망설임도 없이 수락하고 반짝이는 눈빛을 칸에게 던졌다.

"뭐 주실 거예요?"

"무슨 말이냐."

"우승하면 말이에요. 칸 가문을 대륙 제일의 가문으로 만들어주면 저한테도 뭐 떨어지는 게 있어야 하는 거 아니에요?"

"……가문의 강화사로 받아준 은혜랑 퉁 치면 되겠군."

"에이."

그게 무슨 섭섭한 말씀입니까. 퉁이라니!

"그러지 말고요, 스승님. 돈 주고도 못 살 명예 아닙니까!"

"웃기는군. 내가 널 아는데."

"제가 뭐요!"

"돈이 된다면 나가지 말라 해도 나갈 거 아니냐."

"……."

소름 돋네.

순간 반박할 말을 잃었다.

하긴, 이 양반 유일하게 내 능력을 아는 분이시지.

입맛 다시며 한 걸음 물러섰다.

어차피 말은 저렇게 해도 기분 좋으면 뭐든 주겠지. 별거 없으면 안 나가면 그만이고.

손해 본 건 없는데 이 찝찝한 기분이란.

하.

떨쳐 버리며 화제를 돌렸다.

잠시 삼천포로 빠졌지만 이렇게 중요한 시점에 시커먼 남자 하나뿐인 강화소에 온 이유!

"스승님, 강화석 좀 주세요. 한 50개 정도."

"……양심을 숲에다 두고 온 거냐."

"아니, 이번엔 공짜로 달라는 거 아니에요."

뭐 이딴 놈이 다 있느냔 눈빛은 뭡니까. 차라리 화를 내십쇼!

발끈한 한시민이 두툼한 골드 주머니를 펼쳐 보였다.

"이제 저 부자라고요!"

"다행이군. 마지막 남은 양심마저 팔아치웠다면 가문에서의 제적을 고민해 봤을 텐데."

"……."

안도하며 강화석을 가지러 가는 칸.

한 보따리를 들고 나오는 모습을 보며 한시민이 멋쩍게 속삭였다.

"저기, 그런데 스승님. 제가 아무리 그래도 칸 가문의 유망주고 또 스승님 직속 제자기도 하고 대량 구매인데 할인 좀……."

"……."

"할인이 어려우시면 강화석이라도 서비스로 한두 개만……."

"독한 놈."

"스승님도 언제든 강화 맡기실 거 있으면 말씀하세요. 싸게 해드릴 테니까."

길을 걷는 한시민의 발걸음은 가볍고 콧노래는 자유로웠다. 강화석 50개 구입하며 3개를 서비스 명목으로 삥 뜯었기 때문!

"경연에서 우승한다면 보상은 그걸로 때운다."

"어허! 그게 무슨 말씀이세요! 날로 드시려면 안 되죠. 거기다 이 세 개는 파괴된 잔재에서 나온 강화석이라면서요!"

"다 미신일 뿐이다."

"네네. 미신인데 다른 강화석들하고 분리해 짱박아 두셨군요."

칸의 변명에 코웃음 치며 반박했다.

미신이라니. 말도 안 되는 소리!

엄밀히 따지면 미신이지만 여타 게임에서도 그렇듯 터진 아이템에서 떨어진 강화석이 어떻게 일반 강화석하고 같단 말인가!

사제의 축복이 깃든 강화석이 실제론 아무런 효과가 없음에도 비싼 것처럼 이런 재수 없는 강화석들은 가격이 떨어지게 마련.

"받기 싫으면 내놔라."

"누가 싫대요? 이런 쓰레기 주고 퉁 치려는 건 안 된다 말하는 거죠."

"설마 그것도 제값 받고 팔려는 건 아니겠지?"

"외관상으론 그게 그거잖아요."

"……."

물론 겉보기엔 전부 똑같은 강화석들이라 구분하긴 쉽지 않다.

하나 아이템 정보를 확인한다면 '강화석'이 아니라 '파괴된 장비의 강화석'이라는 걸 알 수 있다.

한시민이 노리는 건 아직 이쪽 분야에 대해 빠삭하지 않은 유저들!

그들에겐 확인할 틈을 주지 않고 팔아먹기 충분하다.

"난 책임 안 진다."

"걱정 마세요. 호구들한테만 잘 팔아먹을 테니까."

정 걸릴 것 같으면 능력 써서 성공시켜 주면 되는 일이고.

"키엑!"

그렇게 세상만사 편하게 사는 한시민 앞에 고블린 한 마리가 나타났다.

숲을 배회하던 운 나쁜 고블린!

인사조차 건넬 틈 없이 진홍빛 단검이 어느새 목을 베고 있다.

"키에엑!"

"계속 숲으로 갈 거냐?"

불쌍하게 퇴장하는 고블린의 모습에 칸이 인상을 찌푸리며 물었다.

제국으로 향하는데 숲으로 가선 안 될 이유는 없다.

칸의 레벨이 한시민보다 훨씬 높은 건 당연한 이야기고 장비 역시 15강들로 도배하진 못했지만 칸의 것도 광채가 날 정도는 되었으니까.

"가는 길에 방어구들 좀 15강 하려고요."

"……제시간에 도착하지 못할지도 모른다."

다만, 문제는 그것이다.

시간!

판타스틱 월드의 대륙은 넓고 방대하다.

빠르게 움직이기 위해 뚫어 둔 길을 둔 채 숲을 가로질러 가다 보면 이런저런 일이 생기고 발걸음을 붙잡는 것들도 많아 지체될 수밖에.

게다가 명당은 제국까지 향하는 길의 일직선 위에 놓여 있는 것도 아니라 더 먼 길을 가야 한다.

"으음."

그렇기에 선택해야 했다.

둘 중 하나!

둘 다 포기하고 싶지 않은 것들이라 고민은 깊었다.

"이런 식으로 가면 제국까지 얼마나 걸릴까요?"

"글쎄, 마차만 타고 가도 2주일 가까이 걸린다는 것쯤은 말해주지."

문과생의 머리가 아파온다.

'수도까지 마차로 3일인데 걸어서는 열흘이면…….'

2주가 14일이니 대략 다섯 배.

열흘의 다섯 배면?

"스승님, 아무리 생각해도 마차를 타는 게 맞는 것 같습니다."

살면서 포기는 항상 빨라야 한다.

두 가지 이득을 모두 취하려면!

"그냥 가다가 명당 근처에서 잠시만 기다려 주세요."

"알겠다."

적당한 합의점을 찾은 한시민과 칸이 숲을 벗어났다.

"마차 값은 칸 가문에서 내는 거죠? 경비 처리로?"

또다시 지겨운 여행의 시작이었다.

7

한시민이 강화를 위한 여행을 떠난 시간.

스페셜리스트 역시 일상으로 돌아가 레벨 업에 몰두했다.

어김없는 빡센 사냥!

"힐! 쇠약! 탈진!"

바뀐 게 있다면 뒤에서 힐이나 하던 강예슬의 전투 비중이 늘었다는 것 정도.

하지만 그 미묘한 차이의 결과는 엄청났다.

"크륵."

"아이스 스피어!"

푹-

몬스터 레벨 35, 리자드맨.

현재 스페셜리스트의 평균 레벨과 비교하여 8 이상 차이 나는 몬스터를 무리 없이 잡아낼 수 있게 되었으니까.

"후아. 마나가 남아나질 않아, 언니."

"포션 빨아."

"완전 황제 사냥이 따로 없다니까?"

그리고 그 결과, 셋의 레벨 랭킹을 10위권으로 올릴 수 있었다.

메인 퀘스트고 뭐고 밤새 사냥만 하는 자들을 제친다!

이것이 의미하는 바는 충분히 크다. 메인 퀘스트의 보상으로 얻은 명예와 아이템들로 스펙 업이 됨과 동시에 레벨도 올린다는 뜻이니까!

자연스럽게 최상위권 유저들에게서 은밀한 연락이 하나둘 온다.

"언니, 그나저나 어쩔 거야? 시민 오빠 강화 의뢰."

"한번 물어보고."

"칫, 그냥 까버리면 안 돼? 우리만 독점하자."

대부분의 내용은 역시 한시민과의 자리 마련.

연락 두절 상태인 그와 연결이 되는가였다.

당연히 정설아 입장에선 독점하고 싶은 마음이 굴뚝같지만…….

"시민 씨 생각은 다를 수도 있으니까."

만난 지 얼마 되진 않았지만, 그녀 나름 파악한 한시민은 돈을 좋아하는 사람이다. 이미 판월에 가격에 대한 명시는 해두었고 고객들이 줄을 섰는데 마음대로 거절할 수 없는 노릇.

바쁜 와중, 그를 위해 1:1 대화를 걸었다.

"네, 설아 씨."

"바쁘세요?"

"아뇨, 무슨 일이세요?"

하는 일이라곤 온종일 마차 안에서 뒹굴거리다 명당을 발견하면 빈둥빈둥 움직이는 한시민보다야 휴식 시간을 1분 이내로 잡고 몇 날 며칠 사냥만 하는 정설아가 더 바쁘다.

"연락이 많이 와서요. 강화를 원하는 사람이 많아요. 연락도 안 받으시고 해서 저희 쪽으로 오는 것 같은데 어떻게 할까요?"

"……음."

하나 착한 정설아는 한시민을 위해 특별히 시간을 쪼개 휴식 시간을 늘렸다.

그것도 모른 채 3분 이상 고민하던 한시민이 여유롭게 대답했다.

"언제 돌아갈지 몰라서, 제가 판월에 따로 공지한다고 좀 알려주세요."

"네, 그럴게요."

"그럼 열렙 하세요."

"시민 씨도요."

대화는 거기서 끝이었다.

은은한 미소를 띤 정설아가 사냥을 위해 무기를 뽑았을 때 보이는 건 허망한 표정의 강예슬뿐!

"……뭐야, 방금 전까지도 씹더니 설아 언니 연락은 아주 칼같이 받네?"

분노는 사냥의 원동력!

한시민 덕분에 사냥 속도가 조금 더 빨라졌다.

[캐릭터 정보]

* 이름: 시민
* 직업: 전설의 레전드 강화사(1차 각성)
* 보조 직업: X
* 칭호: 7개
* 레벨: 17(필요 경험치+300%)
* 스탯(152): 힘(40+55) 민첩(55+90) 체력(50+55) 행운(183+55) 마력(40+55)
* 스킬: 강화(F), 절대 강화(SS), 레전더리 힐(S), 신의 가호(SS)
* 보조 옵션

  1. 강화 성공 시 특수 옵션 추가 확률 +23%
  2. 강화 성공 시 일정 확률로 강화 효과 상승 +5%
  3. 강화 성공 확률 +5%

"크으."

캐릭터 정보를 보는 눈빛이 자랑스럽다.

어렸을 적부터 강남을 오가며 조기교육 시킨 자식이 훌륭하게 커 해외여행을 시켜주고 용돈도 빵빵하게 주는 기분이랄까!

누군가를 키워보긴 개뿔, 빌어먹고 산 세월만 20년인 한시민은 잘 모르는 감정이지만 어쨌든 그 정도로 뿌듯했다.

"여유 포인트 152개라. 역시 인생은 오래 살고 볼 일이야."

마차에 빈둥빈둥 누워 할 소리는 아니다.

하지만 어쩌겠는가! 요 며칠 뼈 빠지게 돌아다니며 강화했더니 당분간 할 일이 없어졌는데!

가죽 방어구의 황금빛 오라가 전부 연둣빛으로 바뀐 게 그 증거!

"15강은 역시 아직인가."

하나 다섯 개의 방어구를 모두 14강했지만 아직 15강은 하지 못했다.

과연 15강!

고작 레벨 제한 5짜리 주제에 이렇게 속을 썩이는구나.

그러려니 하며 다른 아이템들을 강화했고 성과는 충분했다.

[+13 쓸 만한 중급 마법 주머니]

* 등급: Rare

* 옵션 1: 공간 확장 마법 적용(4×4×4)

* 옵션 2: 각인의 인장 적용
* 옵션 3: '짙은 황금 오라' 효과 적용
  –'아공간' 동기화

[+12 고블린의 축복받은 목걸이]

* 등급: Unique
* 착용 레벨: 25
* 방어력: 10(+20)
* 옵션 1: 공격 시 체력 흡수 +1%(+2%)
* 옵션 2: '짙은 푸른 오라' 효과 적용
  –공격 시 마나 흡수 +1%

[+13 축복의 반지]

* 등급: Legendary
* 착용 레벨: 1
* 옵션 1: 획득 경험치 +30%(+12%)
* 옵션 2: '짙은 황금 오라' 효과 적용
  –'레어' 등급 이상 아이템 드롭 확률 +10%
  –레벨 차이 10 이상 몬스터 처치 시 추가 경험치 +3%
* 특수 옵션 1: 네임드 몬스터 처치 시 추가 경험치 +50%(+20%)

"크하하하하!"

어찌 웃음이 나오지 않을 수 있단 말인가!

비록 목걸이와 반지에 진화와 특수 옵션이 붙지 않아 조금 불만이지만 옵션만 보면 행복하다.

특히 축복의 반지는 시도 때도 없이 뽀뽀해 줄 만큼 사랑스러웠다.

"어쩜 이렇게 오라 효과까지 잘 나온데. 응?"

"……."

12강에 도달하며 랜덤으로 붙는 오라의 옵션이 수억 원대를 호가할 아이템 성격에 맞게 딱 달라붙어 줬는데 칸의 이상한 눈빛 따위야!

백번이고 천번이고 무시해 줄 수 있다.

"으흐흐흐흐."

이대로만 커다오.

간절히 기도했다.

그리고 또 소망했다.

'제발. 남은 바람이 있다면 부디! 진화하고 특수 옵션 붙어서 특수 오라로 바뀌어줘!'

어떤 조건으로 그리고 얼마만큼의 확률로 그런 일이 벌어지는지 강예슬의 지팡이에서 딱 한 번 봤기에 알 수 없다.

하나 확신할 수 있는 건 있다.

만약, 축복의 반지를 15강 했는데 특수 오라가 붙어 주변 유저들의 경험치 획득까지 도와준다면……!

'중간 과정 다 건너뛰고 건물주 되는 거지.'

정말 이례 없는 사기 아이템이 될 것이다.

길드 단위로 50% 이상의 경험치 보너스를 얻으며 성장하는 모습이란!

약지에 끼인 반지를 조심스레 쓰다듬어 주었다.

언제든 명당이 있으면 말만 하렴. 제국이고 뭐고 너한테는 포기할 용의가 있단다.

"쯧쯧."

"비웃지 마십쇼, 스승님. 강화사란 무릇 자신의 강화된 아이템들을 자식처럼 아껴야 하는 법!"

혀를 차는 칸에게 진중한 표정으로 대들었다.

나름 자긍심 넘치는 모습!

"자식 팔아먹을 생각에 헤벌쭉한 놈한테 그런 말 듣고 싶지 않다."

"……말이 심하시네."

안타깝게도 통하기커녕 반격을 얻어맞아야 했지만.

거기다 묘하게 맞는 이야기라 기분 나빠할 수도 없었다.

"쳇."

그래도 뭐, 다 잘 먹고 잘 살자고 하는 짓이니까!

명당이나 확인해 봐야지.

더러운 눈빛으로 쳐다보는 칸을 피해 시선을 돌려 방어구들을 하나씩 느껴본다.

뭐 잡히는 게 있나.

하나만 잡고 끝까지 집중하면 보다 멀리 느낄 수 있지만 지금은 그보단 여러 개의 아이템을 보다 효율적으로 강화하기 위해 현재 위치에서 이동할 수 있는 거리까지만 정신을 집중하는 상태!

"어?"

일정 주기마다 한 번씩 확인하기에 별 기대 없던 한시민의 표정이 변했다.

느껴진다!

"대박!"

방어구 하의!

그리고 신발까지!

무려 두 개의 명당이 한곳에서 느껴진다.

"스승님, 저 갔다 옵니다!"

달리는 마차에서 뛰어내린 한시민이 숲 속으로 사라졌다.

"쯧쯧."

마차 안은 칸의 혀 차는 소리만이 맴돌 뿐이었다.

당연한 말이지만 쉽지만은 않았다.

방어구들이야 레벨 제한 5짜리라 제물이 필요 없었지만 25

레벨 제한에 유니크 아이템인 '고블린의 축복받은 목걸이'와 1 레벨 제한이지만 레전더리 등급인 '축복의 반지' 같은 경우엔 당장 가지고 있지 않은 제물을 요구하기도 했으니까.

그나마 각각 12, 13강까지 할 수 있었던 건 주변에서 사냥을 통해 구했기 때문이다.

그 과정에서 판월의 유료 등급 게시판이 큰 도움이 됐고.

"등급을 더 올려야 해."

동시에 등급의 소중함을 느꼈다.

현재 등급인 실버에서 더 높여야 한다.

아직까지는 유저 대부분 실버 등급이라 상관없지만 시간이 흐르고 골드, 그 이상의 등급으로 올라가게 되면 정보에서 뒤처질지도 모른다.

레벨 업이야 상관없다고 쳐도 현재 게임의 트렌드나 희귀한 아이템에 대한 정보는 강화사인 그에게 있어 아주 유용한 것들!

돈이 있어도 정보가 없어서 사지 못하는 상황은 미리 대비해 두는 게 좋다.

시간 날 때마다 사냥도 좀 다니고 정보 공유를 위해 황금 패로 퀘스트도 깨야겠다는 생각과 함께 명당이 위치한 장소에 도착했다.

숲 속 위치한 늪지대.

울창한 나무와 넝쿨들, 그리고 늪.

"……."

이제는 별생각도 안 든다.

"던전이구나."

아니, 오히려 이런 식의 전개가 아니면 이상하달까?

스펙터클하고 네임드 몬스터쯤은 나와주는 곳에서 강화해야 15강 하는 맛이 나지.

수긍하며 캐릭터 정보를 열었다.

어찌 됐든 혼자 던전 속의 몬스터들과 맞닥뜨려야 하는 상황이다. 저번처럼 운 좋게 누가 먼저 던전을 클리어하고 있을 리도 없는 데다가 던전 내부의 몬스터 레벨 또한 가늠하기 어렵다. 그렇기에 대비해야 한다.

"힘 46, 민첩 46."

아껴두었던 포인트들이 제자리를 찾아갔다.

140이 넘는 힘과 200 가까이 되는 민첩이 그를 든든하게 만들어주었다. 체력과 마력 또한 100에 근접하니 적어도 50레벨 몬스터까지는 무난하게 상대할 수 있지 않을까 싶었다.

"아무리 생각해도 단검이 사기야."

모든 스탯 55!

거기다 레전드 강화사 특권으로 12강 성공부터 오르는 스탯까지.

골고루 투자하지만 않았다면 그보다 더 높은 레벨의 몬스터도 잡을 수 있을지 모른다.

그래 봐야 현실은 필요 경험치 300% 페널티를 받은 쭈구리에 불과하지만.

"후우."

한숨을 내쉰 한시민이 그대로 늪에 뛰어들었다.

서서히 가라앉는 몸.

턱 밑까지 늪이 차올랐음에도 별다른 변화가 없다.

"……?"

입, 코.

이러다 죽는 게 아닐까.

눈마저 늪에 가려지고 숨을 쉬지 못할 것만 같은 순간.

[던전에 입장했습니다.]

[입장 인원 제한 던전입니다.(5/10)]

"……응?"

왠지 모르게 낯익은 홀로그램과 함께 시야가 점멸했다.

9

존슨 파티는 한시민을 만난 이후 레벨 경쟁에서 미끄러져 좌절을 맛봤다.

48시간 접속 불가! 랭킹 1위부터 20위까지는 동렙이라는 걸 생각해 보면 엄청난 손해!

이틀 만에 순위는 200위대로 떨어졌고 접속하고 나서도 떨어뜨린 무기나 방어구를 새로 구하기 위해 몇 시간을 허비해야 했다.

일반인이었다면 포기했어도 이상하지 않을 상황.

하나 존슨 파티는 그렇게 무른 이들이 아니다.

길드를 만들고 더 많은 골드를 수급해 일어난다!

판월 공식 아이템 중개 사이트를 매일같이 뒤지며 스펙 업에 도움 되는 아이템은 모조리 긁어모았고 사냥할 때는 포션이나 소모품 사용을 아끼지 않았다.

거기에 더해지는 끈기와 컨트롤.

이틀에 세 시간씩 수면하는 미친 짓까지 해가며 이들은 결국 다시 랭킹을 두 자릿수로 만들 수 있었다.

물론 거기까지였다.

두 자릿수의 랭커들도 그들만큼 열심히 한다.

48시간을 놓친 존슨 길드가 더 이상 힘을 내긴 어려웠다.

해서 다른 방법을 모색했다.

그리고 찾았다.

"이번 퀘스트만 잘 깨면 80위권까진 들어갈 수 있어."

"젠장, 그 빌어먹을 놈. 찾기만 하면……."

"그때 보스 고블린만 아니었으면 죽일 수 있던 건데!"

일반인은 상상하지 못할 금액을 투자해 얻어낸 S급 퀘스트.

현재 그들의 레벨로는 클리어하기 벅찬 수준의 던전 레이드지만 귀족에게 고액의 돈을 찔러 넣어가며 용병을 구해 왔다.

증발한 골드만 생각하면 뼈가 시리고 그럴 때마다 생각나는 건 이런 역경을 만들어준 한시민!

어디서 뭘 하는지 몰라도 만나면 죽이겠다는 의지는 변함없었다.

마음 같아선 게임을 접을 때까지 PK를 하고 싶지만 그럴 시간에 몬스터를 한 마리라도 더 잡아야 하는 운명이기에 참는 것!

언젠가 때가 온다면 복수하리라.

이를 가는 사이 보스 방에 도착했다.

"엿 같은! 늪에 있는 던전인데 폐쇄형 동굴이라니!"

"뼈가 시려오는 것 같아."

"빌어먹을 놈!"

"……."

추억이 떠오르는 묘한 구조의 던전.

분명 나오는 몬스터도 다르고 형태 역시 가장 흔한 던전 포맷이라 문제없지만 왠지 모를 오한은 기분을 나쁘게 만든다.

"잘 부탁드립니다."

끄덕.

해서 빨리 나가고 싶었다.

무려 60레벨이 넘는 NPC 용병에게 공손히 부탁하며 존슨 길드가 뒤로 빠졌다.

힐러와 마법사가 근근이 지원을 해주는 것 외에 그들이 할 일은 없다. 경험치야 조금 덜 받겠지만 사냥보단 퀘스트 완료 경험치가 더 크니까.

"그런데 그때 말인데, 나 없을 때 대체 무슨 일이 있었기에 실패한 거야? 방해하진 않았다며."

기다리는 사이, 먼저 로그아웃당했던 마법사가 넌지시 물어왔다.

어렴풋이 듣긴 했지만 워낙 노발대발이라 자세히는 묻지 못했던 이야기. 왠지 지금 분위기라면 들을 수 있을 것 같다.

"방해나 다름없지. 개자식! 뒤통수만 치지 않았을 뿐. 바로 앞에서 약 올리며 우리가 죽길 기다렸으니까."

그의 의도대로 한껏 과열되어 있던 존슨은 그때 있었던 일들을 술술 불었다.

"빌어먹을 자식. 분명 그 새끼만 나타나지 않았어도 성공할 수 있었던 거였는데."

"그건 그렇지. 내가 죽긴 했지만 딜은 충분히 박아놨으니까."

"애초에 우릴 미행했던 놈일 거야. 그런 타이밍에 나타난 걸 보면."

"개놈이네."

한쪽 입장에서 말하는 의견은 충분히 과장될 수 있다!

자리에 없었음에도 이야기를 듣던 마법사는 한시민에 대한 적개심을 품었다.

"만나면 내가 파이어 볼부터 그 녀석 엉덩이에 박아 넣겠어!"

"그 새끼, 분명 레벨은 낮을 거야. 뒤통수치기엔 쫄리니까 약만 올린 거 같아."

"몬스터고 뭐고 다음에 그런 일이 생기면 그 새낀 무조건 죽인다."

신나게 뒷담화를 까는 사이 보스 레이드는 끝을 향해 달려가고 있었다.

과연 비싼 값을 하는 용병!

돈을 버리고 경험치를 사는 식이라 가성비는 좋지 않지만 감탄이 절로 나온다.

"쉬에엑!"

그와 함께 터져 나오는 네임드 몬스터의 비명! 갑자기 용병이 돌연사하지 않는 이상 변수는 없다!

"여기 찍고 몇 개 더 돌면 50위권까진 들 수 있어. 그러면 그때부턴 최상위권도 넘볼 수 있고."

통장에서 빠져나가는 돈은 외면한 채 희망에 가득 차 있는 이들!

"어?"

그런 이들에게 손님이 찾아왔다.

"어어?"

낯익지만, 동시에 누군지 모를 목소리.

고개를 돌린 넷과 하나의 시선이 뒤엉켰다.

충격과 공포! 혼란의 도가니!

먼저 정신을 차린 쪽은 한시민이었다.

"하이! 양키즈!"

그는 진심으로 존슨 길드가 반가웠다.

10

사람이 한 번 만나면 우연이고 두 번 만나면 인연이라고 했다.

그것도 생판 모르는 남을, 겹칠 일이 없는 던전에서 만나다니!

"완전 대박 인연인데?"

"닥쳐! 이런 양심 없는 새끼!"

격하게 환영해 주는 존슨 일행에도 굴하지 않고 손을 흔든다.

어찌 됐든 한시민에겐 은인 아닌가!

"고마워. 덕분에 강화도 잘하고 유니크 목걸이도 먹었어. 아! 주운 아이템들도 괜히 썩어 없어질까 봐 다 팔았고."

이제는 말할 수 있다! 눈앞의 네 명의 유저쯤은 손쉽게 처리할 수 있으니까!

"짜잔!"

"이, 이, 이 개……!"

레벨 제한 25라 옵션은 개뿔 발휘되지 않지만 아무렇지 않은 척 흔들어 보이며 존슨의 속을 긁었다.

딱히 감정은 없지만 저렇게 대놓고 적의를 보이는데 미안해할 필요도 없다.

여긴 게임이니까.

게임하다 보면 이런 일도 있고 저런 일도 있는 법인데 부모님 욕을 한 것도 아니고 왜 미안해해야 하는가.

"괜히 나한테 화풀이하지 마. 지들이 약해서 죽은 주제에."

"뭐라!"

분위기가 과열됐다.

자연스레 용병은 잊히고 존슨 일행이 각자의 무기를 한시민에게 겨눴다.

"되겠어? 보아하니 버스 타러 온 거 같은데?"

코웃음 치는 한시민에겐 어림도 없는 적의!

"흥! 네놈도 그래 봤자 20레벨 중반일 텐데 허세는!"

피식 웃으며 대신 진홍빛 단검을 꺼내 든다.

레벨은 낮지만 충분히 혼자 던전을 클리어할 수 있다.

저번처럼 어떻게든 운을 바라고 들어온 게 아니라는 뜻!

당연히 피할 필요도 없다.

"NPC 데리고 온 거 보면 돈 좀 썼을 거 같은데 들어가서 쉬세요. 고이 보내드립니다.”

“역시! 또 뒤치기 하러 온 거였군!”

“젠장. 빌어먹을 독한 놈!”

노골적인 적의를 드러내자 존슨 일행도 긴장했다.

분명한 건 한시민은 현재 이 필드에서 돌아다니며 던전에 들어왔다는 것이다.

지난번부터 그들을 미행한 게 아닌 이상 무언가 믿는 구석이 있다는 이야기.

침이 절로 넘어갔다.

적의를 보이고는 있지만 사실 진홍빛 단검과 연두 오라를 줄기줄기 뽑아내는 장비들 앞에선 주눅이 들 수밖에 없기에.

게임 좀 해본이라면 누구나 공감할 것이다.

고강화 아이템을 착용한 유저는 강하다!

그리고 돈이 많다!

동시에 자신의 장비와 비교해 보게 되고 스스로 작아진다.

“이길 수 있어! 조금만 버티면 보스도 잡고 NPC가 합류할 테니까 그때까지만 버티자.”

나약한 자신을 이겨내기 위해 존슨이 파이팅 넘치게 외쳤다.

비록 용병을 내세운다는 비겁한 수법이지만 어쨌든 용병도 돈으로 사 온 소모품 같은 것!

전혀 부끄러워할 필요가 없다.

자신감이 다시 차올랐다.

존슨의 파이팅은 여러모로 큰 이펙트를 주었다.

너무 큰 이펙트를 주려다 한시민에게까지 들렸다는 사소한 문제가 발생했지만.

"호오, 그래?"

한시민의 시선이 넷 너머의 용병과 뱀처럼 생긴 네임드 몬스터에게 향했다.

팽팽한 접전!

그 속에서 차근차근 이득을 취해 나가는 용병 NPC!

한눈에 봐도 돈을 팍팍 쓴 게 보인다.

'좀 골치 아프겠지?'

레벨이 얼마인지 모르는 NPC.

상대하고 싶지 않다.

절실한 마음이 담긴 진홍빛 단검이 한 점을 가리켰다.

"……?"

"……?"

자연스레 시선들이 뒤따랐다.

단검 끝이 향한 곳은 거대한 뱀의 모습을 한 네임드 몬스터!

"내가 뭐 할 거 같아?"

"……?"

질문에 답하는 이는 없었다.

그 역시 대답을 바라고 한 질문은 아니기에 곧바로 정답을 알려주었다.

"레전더리 힐."

팟-

진홍빛 마력이 네임드 몬스터를 강타했다.

"쉬이이익!"

죽어가던 몬스터가 낯선 기운의 침투에 울부짖었다.

그리고.

"사아아아!"

활기를 찾은 뱀이 포효했다.

"……."

30분 넘게 개고생한 용병 NPC가 잔뜩 인상을 찌푸린 채 돌아봤다.

사건의 장본인이 반대쪽 손으로 머리를 긁적이며 단검을 흔들었다.

"앗! 손이 미끄러졌네. 쏘리!"

미안하다는 한시민은 웃고 있었다.

똥은 한시민이 쌌지만 뒤처리는 존슨 길드가 해야 했다.

"빨리 도와줘야 하지 않겠어? 힘들어 보이는데?"

"……개자식!"

용병 NPC가 죽을 경우 돈도 돈이거니와 용병을 빌린 귀족에게 쌓아온 신뢰도가 모두 깎이기 때문!

"이야, 많이 차나 보네."

서둘러 전투에 합류하는 넷을 보며 사악한 미소가 절로 지어진다.

레전더리 힐.

15강이 되며 진화한 단검에 생긴 S급 스킬이라 기대는 하고 있었지만 생각보다 더 훌륭하다.

[레전더리 힐(S): Active]

* 내용: 30초에 한 번, 기적의 힐을 시전한다.
* 효과: 체력의 20%. 현재 체력이 10% 미만일 시 2배 효과 적용

"……아니, 좀 많이 사기네."

그러니까 30초에 한 번씩 체력을 20%씩 채울 수 있다?

거기에 10% 미만으로 떨어져 있으면 무려 40%를 채우고?

마나 소모가 극심하긴 하지만 갑자기 벌떡 일어나 열심히 싸우는 뱀의 행동이 이해되는 순간.

처음 보고 이름도 모르는 몬스터임에도 응원해 주었다.

"룰루!"

그리고 2차전으로 들어간 전투를 보며 여유롭게 모루를 꺼낸다.

살벌하던 분위기가 몬스터에게 힐 하는 선택으로 생각보다 쉽게 풀어졌다.

강화하기 위해 온 한시민에겐 나쁘지 않은 전개!

'하의부터.'

망설임 없이 바지를 내려 모루 위에 올린다.

"……저런 미친."

개수작을 부리지 않나 힐끔힐끔 살피던 존슨 길드에겐 황당한 장면.

하나 한시민은 눈 하나 깜짝 않았다.

'게임인데 뭐.'

사각 팬티도 입고 있고 무엇보다 남자뿐인 공간에서 내외하며 어색해하는 게 더 이상하다.

"후아."

심호흡하며 마음을 가다듬는다.

어쩌다 또 만나게 되었지만 지난번과 달리 급할 필요가 없다.

혼자였어도 여기까지 올 수 있었다.

'우선 강화부터 하고…….'

인연인 친구들과의 회포는 그 뒤에 풀자.

또 한 번 보스 방 내부를 휘젓는 퍼포먼스가 전투의 열기를 북돋았다.

"개자식아! 좀 꺼져!"

온갖 욕설을 한 귀로 흘리며 망치를 들어 올렸다.

갈 길이 멀다.

아직 신발도 남았다.

'빠르게.'

확률은 84%.

겁먹지 않고 내려쳤다.

'터지면 다시 만들면 되지.'

자기 자신마저 속이며 태평하게 내려친 망치질은 그에게 보답해 주었다.

['시민' 님께서 '+15 늑대 가죽 하의' 강화에 성공했습니다!]

[15강 성공 횟수: 3]

[전설의 업적! 스탯 포인트(32)를 획득했습니다.]

그리고.

[조건을 충족합니다.]

[레전더리 직업 '전설의 레전드 강화사'의 2차 각성을 완료했습니다!]

[강화할 수 있는 대상의 범위가 넓어집니다.]

[강화 대상의 수준에 따라 지급되는 스탯 포인트가 차등 적용됩니다.]

또 한 번의 변화가 찾아왔다.

11

"……."

뭐야, 이거.

당황스러운 홀로그램들의 습격에 잠시 넋을 놓았다.

분명 기뻐해야 할 상황임에도!

"저 새끼! 또 우리 덕분에 성공했어! 젠장!"

"대체 정체가 뭐기에 15강을 성공하는 거지?"

"……명당이란 곳에서 강화하면 강화 확률이 20%까지 높아진다고 하던데."

배 아파 내뱉는 소리도 들리지 않았다.

조심스레 진홍빛 하의를 챙겨 입고 홀로그램들을 천천히, 그리고 꼼꼼히 읽는다.

당장에라도 15강 하의의 효과부터 보고 싶지만!

모든 일엔 순서가 있는 법.

'베타고 이 개새가 꼼수 못 쓰게 막으려는 거네.'

다 읽은 한시민의 한 줄 평가.

인상이 절로 찌푸려진다.

강화할 수 있는 대상의 범위가 넓어진 거야 더 많은 곳에 활용할 수 있다고 생각할 수 있지만 강화 대상의 수준에 따라 지급되는 스탯 포인트의 차등은 아무리 생각해도 너프라고밖에 안 보인다.

당장 1레벨 노말 아이템들만 계속 15강하면 32개의 스탯 포인트, 아니, 그 과정에서 얻는 14개의 포인트까지 더해 44개의 포인트를 손쉽게 얻을 수 있으니까.

남들은 뼈 빠지게 사냥해 며칠에 한 번 레벨 업 하는데 그는 하루에도 8업 이상의 효과를 얻을 수 있다!

그야말로 레벨 따위 하나도 중요하지 않게 되는 오버 밸런스!

이런 식일 줄 알았다면 미리 꿀 빠는 건데.

생각만 하고 있었지 계속되는 사건들에 실천으로 옮기지는 못했다.

"어쩔 수 없지."

하나 미련 갖지 않았다. 남용하기 전에 막혔다는 건 예정된 수순이었다는 뜻이니까.

단검을 처음 15강 했을 때 1차 각성을 했고, 이번에 15강 3개를 성공한 뒤 2차 각성을 한 것으로 보아 남용하려 했어도 하지 못했을 것이다.

좋게 생각하자!

스탯은 충분히 높다.

앞으로 더 높아질 것이고 자잘한 아이템 15강보단 누가 봐도 눈이 휘둥그레 할 아이템을 15강 해 인생역전을 노릴 것이다.

'처음은 이 반지다.'

레전더리 축복의 반지!

조심스럽게 쓰다듬어 준 뒤 하의 옵션을 확인했다.

[+15 늑대 가죽 하의]

* 등급: Normal

* 착용 레벨: 5

* 방어력: 5(+50)

* 옵션 1: 민첩+1(+10)

* 옵션 2: '짙은 붉은 오라' 효과 적용

–세트 효과 +16%

–완전 방어 확률 +8%

–회복 효과 +10%

–방어력 +30

"크흐."

취한다, 취해!

비록 진화도 못 하고 특수 옵션도 붙지 않았지만 충분히 훌륭하다.

한껏 업 된 기분으로 신발까지 모루 위에 올렸다.

"가자!"

네 번째 15강을 향해!

"쉬이이익!"

네임드 몬스터의 축복과 함께 찬란한 진홍빛이 터져 나왔다.

선이 있으면 악이 있고, 행복이 있으면 불행이 있는 법!

축제 분위기인 한시민과 달리 불과 몇 발자국 밖에서 전투 중인 존슨 길드는 죽을 맛이었다.

"쉬에에엑!"

한시민 덕분에 새 생명을 얻은 뱀이 활개를 치고 있었기에!

"이런 미친."

"용병한테 힐 줘!"

"어떻게든 살려야 해."

그래도 넷의 합류로 승기는 조금씩 기울고 있었다.

레벨 차이만 놓고 보면 아무런 도움이 되지 않지만 힐러에 마법사, 그리고 뱀의 시선을 충분히 끌어줄 어그로까지, 용병 NPC의 지친 체력을 대신해 주는 정도의 역할은 충분히 할 수 있었으니까!

거기에 용병에게 내미는 포션들은 하나같이 50실버는 하는 것들.

"젠장, 빌어먹을!"

당장 죽기 직전이 아니고서야 꺼내지 않는 비상 포션들까지 동원되는데 이기지 못한다면 말이 안 된다.

"으하하하!"

그렇게 노력하는 존슨의 귓가에 행복 가득한 웃음이 들려왔다.

두 번 연속 15강 성공!

배가 아픈 걸 떠나 꼴 뵈기 싫다.

"제발 강화 다 했으면 좀 꺼져!"

오죽하면 잡아 족치고 싶은 이들이 이렇게 말하겠는가!

그만큼 현재의 전투가 중요하다고 판단하는 것!

괜히 저 면상을 보고 있다가 화가 나 레이드를 망치느니 이번 복수의 기회는 깔끔하게 포기했다.

"싫은데?"

"……?"

하나 안타깝게도 그건 그들만의 선택!

한시민은 그렇지 않은 듯했다.

"내가 왜?"

"……?"

진홍빛과 연둣빛이 어우러진 이펙트를 주렁주렁 흘리며 다가오는 모습!

절로 등골에 식은땀이 흐른다.

설마?

"저번엔 말이야. 내가 스펙이 조금 딸렸기도 하고, 뒤치기 전에 알아서 죽어줘서 순순히 넘어갔는데 말이야. 이번엔 왜 그래야 할까?”

“…….”

사악하다.

저 미소는 분명 악당의 것이다!

하나 입 밖으로 꺼낼 수는 없었다.

여기서 균형이 깨지면 레이드는 실패다.

판타스틱 월드에서의 실패?

죽음이고 곧 48시간의 뒤처짐이다.

이미 한 번 겪어본 이들은 그게 얼마나 큰 타격인지 누구보다 잘 안다.

선택의 순간!

존슨은 두 가지 갈림길 중 하나를 택해야 했다.

굴복 혹은 대항!

그는 짧은 고민 끝에 후자를 택했다.

살려 달라 빌었다가 처참하게 무시당했던 기억에 의한 선택!

“이런 개자식! 어디 한번 마음대로 해봐라! 촬영 중이니 뒤치기 하는 순간 바로 판월에 동영상 뿌리고…….”

푹—

“컥!”

[치명상을 입었습니다!]

['타오르는 상처' 효과에 노출됐습니다! 1중첩!]

하나 그건 잘못된 선택이었다.

무엇을 선택하든 결과는 변하지 않았겠지만…….

"뿌리든지 말든지."

게임에서의 명예?

일절 관심 없는 한시민에겐 씨알도 먹히지 않는다.

"돈이나 몇 푼 받고 가려고 했는데, 쯧쯧."

마음에도 없는 소리를 내뱉으며 단검을 휘둘렀다.

앞엔 네임드 몬스터!

뒤엔 한시민.

한시민은 살인자가 되지 않기 위해 견제만 하는 수준이지만 그것만으로도 팽팽했던 균형은 깨지고 결국 용병 NPC는 리자드맨의 손에 숨을 거둘 수밖에 없었다.

남은 건 지쳐 버린 뱀 한 마리!

"참, 이분들한텐 항상 고맙다니까. 만날 때마다 이런 선물을 주고."

빠르게 접근해 단검을 찔러 넣는 한시민이 웃었다.

15강 두 개에 전리품들까지!

시간은 좀 걸렸지만 보람찬 던전 레이드였다.

[레벨이 올랐습니다.]

[레벨이 올랐습니다.]

레벨도 오르고 강화도 하고!

여러모로 한시민에게만 좋은 일타쌍피는 존슨 길드에게 두 번째 죽음을 선물해 주었다.

Episode 8.

내기하든지

1

시간은 빠르게 흘렀다.

지겨울 법하면 가죽 방어구의 명당이 느껴졌고 그런 곳은 대개 던전이거나 혹은 4~50대 레벨의 몬스터들이 득실거리는 장소이거나 둘 중 하나였으니까.

강화하기 위해선 방해받아선 안 된다!

그러려면 당연히 인간만 보면 죽이려 드는 몬스터들을 잡아야 했고 홀로 다수를 상대해야 하는 입장에선 지겨울 틈이 없었다.

맞고 찌른다!

그 무식한 방식은 여전히 통했고 15강을 성공할 때마다 오르는 방어력은 오히려 컨트롤 자체를 비효율적으로 만들었다.

피할 시간에 찌르면 더 빨리 죽일 수 있다.

그런데 왜 피하는가!

물론 몬스터의 레벨대가 한시민보다 워낙 높아 체력이 깎이는 게 눈에 보일 정도는 되지만 그럼에도 단검에 붙어 있는 체력 회복 오라와 레전더리 힐을 적절히 사용하면 몬스터들의 노고는 물거품으로 돌아갔다.

그렇게 완성한 게 15강 가죽 방어구 세트!

“좋아, 좋아.”

입고만 있어도 든든한 게 드래곤이라도 잡을 수 있을 것만 같았다.

‘세트 아이템이었으면 더 좋았을 텐데.’

인간의 욕심은 끝이 없는 법!

다 갖추고 보니 세트 효과가 조금 아쉬웠다.

하의에 붙은 오라도 세트 효과를 빛나게 해줄 수 있었는데.

어쩌겠나. 그렇게 설계되어 나온 아이템인데.

“이젠 또 뭐 하면서 시간을 때우나.”

제국에 가까워질수록 명당이 많이 느껴진다.

현재 한시민이 갖고 있는 아이템들의 레벨을 생각해 보면 그만큼 고레벨 위주의 사냥터들이 분포되어 있다는 뜻!

덕분에 방어구뿐 아니라 마법 주머니도 14강 했고 축복받은 목걸이도 14강까지 강화할 수 있었다.

문제는 축복의 반지!

"제국쯤 가면 나오겠지."

단검 15강 할 때보다 명당을 찾기 힘들다.

그나마 13강까지는 레벨 제한 1이라는 점 덕분에 쉽게 오나 했는데 역시는 역시!

레전더리 등급의 까탈을 마음껏 뽐내는 중이다.

머리 아프게 신경 써봐야 달라지는 건 없다는 걸 알기에 신경 끄고 판월을 열었다.

"오늘은 뭐 꿀잼 글 없나."

마차에서 시간을 때우는 유일한 낙!

현실에서의 휴대폰과 같은 홀로그램.

하루 종일 홀로그램만 보는 그를 칸이 한심하게 쳐다보고 있지만 시커먼 사내와 대화하며 시간 보내는 것보단 차라리 쓸데없는 글자들을 보는 게 훨씬 마음이 편했다.

"글 올렸네?"

베스트 글 위주로 훑다 보니 밑바닥에서 슬금슬금 고개를 쳐드는 존슨이라는 유저의 글을 발견할 수 있었다.

왠지 읽지 않아도 내용이 보이는 느낌적인 느낌!

피식 웃으며 제목을 클릭했다.

보나마나 욕이 난무하겠지만 궁금했다. 과연 뭐라고 써놨을지!

['시민', 이 사람 조심하세요. PK범입니다.]

–불과 몇 시간 전, 저와 길드원들은 퀘스트를 수행하다 우연히 던전을 발견했고 클리어 중이었습니다. 길목의 몬스터들을 잡고 보스 방에서 보스의 피를 거의 다 깎았을 때쯤 이 사람이 나타나더군요.

판월에 베스트 글 몇 개를 올리는 그 강화사입니다.

다짜고짜 보스 레이드를 방해하더니 본인 강화를 위해 꺼지라고 하더군요.

당연히 저희는 먼저 왔기에 양해를 구했고 돌아온 결과는 PK였습니다.

던전을 레이드하고 보스와의 전투에 피가 많이 깎여 있던 터라 저희는 당할 수밖에 없었고 보스 몬스터를 이용해 죽이는 치밀함까지 보이더군요.

현재 저희는 퀘스트 공략에만 수백 골드를 쓴 상태고 당연히 실패 후 고스란히 손해를 떠안게 되었습니다.

혹여, 온몸에 화려한 장비를 두르고 있는 '시민'이라는 놈을 보거든 도망치시길 바랍니다.

아주 악질적인 PK 유저입니다.

자신의 돈벌이를 위해 다른 유저의 사냥을 방해하는 이런 유저는 매장당해야 합니다!

"……."

이건 또 뭔 개소리래?

글을 읽은 한시민이 미간을 좁혔다.

열 받네.

생각지도 못한 부분에서 어이가 없다.

그냥 사실대로 적었으면 비웃고 떠날 글이었는데! 감히 구라를 쳐?

"이 새끼들이……."

거기다 올린 영상도 없다.

억울한 일을 당하는데 촬영하지 않았을 리는 없으니 의도적으로 올리지 않았다는 뜻!

그럴듯한 스크린 샷과 죽음 페널티만 올려둔 게 글의 신빙성을 증명할 뿐.

"흐음."

물론 그렇기에 허술하다.

어이없어 날뛰었을 뿐 이런 글엔 영상 증거가 없으면 아무도 믿지 않는다.

하물며 영상이 있어도 유명인이 아닌 이상 비웃고 지나간다.

어디까지나 판월은 게임이니까.

현실에서 약하다고 처맞는 건 지켜주고 관심 가져줘야 할 일이지만 게임에서 처맞는 건 본인의 능력 부족이다.

"불쌍한 놈들."

쯧쯧. 얼마나 억울했으면 이런 식으로라도 올리고 싶었

을까.

동정표를 던져 주고 글을 빠져나왔다.

아마 그들이 진행하는 레벨 업 방식을 영상으로 유출하기 싫었겠지. 주작이란 소리 듣는 건 억울한 마음에 미처 생각하지 못했을 테고.

어쩌면 그의 강화 장사에 티끌만 한 흠이라도 내고 싶었던 것일지도 모른다.

"다음에 보이면 또 죽여야지."

하나 안타깝게도 한시민은 15,000명이 넘는 시청자도 돈이 안 된다고 다 내쫓은 위인!

소수의 금수저들에게만 장사하면 된다는 마인드에 프로 불편러들의 댓글 몇 개쯤이야.

애초에 금수저들은 자기 강화만 잘되면 장땡일 뿐 강화사의 인성 따윈 관심도 없다.

"신개념 고레벨 던전 깨는 방법……."

물론 당하고만 있을 한시민이 아니다.

곧바로 존슨 일행이 사용했던 방법을 대충 유추해서 올렸다.

용병 NPC를 빌리는 방법이나 귀족과의 친밀도는 글을 보는 사람들이 알아서 해결하겠지.

글을 올리는 이유는 단지 존슨 일행이 그토록 숨기고 싶어하던 것을 공개하고자 하는 마음!

등록하며 웃어준 뒤 다른 베스트 글들을 찾아 읽었다.

"판월 기본 꿀팁?"

그러다 발견한 글!

생활 속 편리한 지식 같은 느낌의 글이기에 자연스럽게 손이 간다.

오픈 때부터 플레이했고 열흘이라는 시간 동안 성 내부를 돌아다니며 게임 플레이에 도움이 되는 인터페이스는 다 찾았다고 자부하는 한시민이기에 별다른 도움이 되리라는 생각은 들지 않았지만 혹시 모르니까!

"이건 아는 거고. 이것도…… 이거 모르는 멍청이도 있나?"

역시 대부분 기본적인 인터페이스 위주였다.

그마저도 아무것도 가르쳐 주지 않는 판월에선 신규 유저들에게 도움이 될 만한 것들이지만.

"흐음. 응?"

대충 보다 뒤로 가기를 누르려던 한시민의 눈길을 사로잡는 팁이 있었다.

이름은 이펙트 효과 ON/OFF!

무언가 처음 들으면서도 그에게 아주 큰 도움이 될 법한 제목!

"저레벨 때 현질 해서 그럴듯한 아이템 구매해서 돌아다니다가 무차별 PK 당하기 두려우시죠? 8강부터 나오는 오라 이펙트가 거슬리신가요? 그럴 땐 마탑에 가서 오라 제어 장치를 구입하시면…….”

…….

그런 게 있었어?

한시민의 시선이 그의 몸으로 향했다.

다가가기조차 부담되는 화려한 진홍빛 오라들!

이걸 감출 수 있다니.

“와, 개꿀팁이네.”

쓸모없는 내용만 가득하다고 욕하던 한시민이 추천을 눌렀다.

굳이 이펙트를 가릴 필요는 없지만 언젠가 15강 아이템들임을 가려야 할 때도 있지 않겠는가!

그때를 위해 대비해 두는 것도 나쁘지 않다.

“스승님, 제국에 가면 마탑부터 들리죠.”

“마음대로 해라. 제국의 어디든 성안엔 마탑이 있으니.”

눈 감고 숙면을 취하던 칸이 무심히 대꾸했다.

그렇게 마차는 제국의 영역에 들어섰다.

“와! 넓네요.”

“제국이니까.”

“그런데 생각만큼 넓지는 않은데요? 기껏해야 아인 왕국 수도랑 비슷해 보이는데.”

성 내부를 둘러본 한시민의 간략한 평가였다.

과연 제국답게 화려하지만 기대만큼은 아니다!

이미 아인 왕국의 수도와 왕성을 보고 제국에 대한 기대를 잔뜩 부풀렸기 때문일 수도 있지만 확실히 상상 속에서의 제국과는 거리가 먼 모습.

“당연하지. 여긴 제국의 변두리다.”

“……아.”

그런 한시민의 착각을 칸은 단 한마디로 깨버렸다.

변두리라니! 한 왕국의 수도만큼 화려한 성이?

“역시 제국! 대단해.”

“…….”

빠른 태세 변환과 함께 표정이 밝아졌다.

보상이 허술하다거나 얻어먹을 게 적다거나 하는 걱정은 안 해도 되겠구나!

성에서 하루 묵고 3일만 더 가면 된다는 말에 마탑으로 향했다.

오라 제어 장치를 사기 위함!

언젠가 쓸 일이 있을지도 모른다는 생각에 구입하려 했었지만 곰곰이 생각해 보니 써먹을 데가 많을 것 같았다.

웬만하면 한 두어 개 사서 망가질 때도 대비해야겠다!

“500골드입니다.”

"……예?"

라는 생각은 가격을 듣자마자 깨져 버렸다.

마탑 마법사의 말에 한시민이 귀를 후볐다.

잘못 들었나?

"말씀하신 오라 제어 장치는 500골드입니다."

"……."

제대로 들은 거 맞구나.

"할인이나 디스카운트는 없나요?"

"네."

"……혹시 중고는."

"없습니다."

이런 매정한 놈들을 봤나.

동시에 판월에 이런 걸 꿀팁이라고 올려둔 놈에 대한 욕이 절로 나왔다.

'완전 개새네. 500골드면 5천만 원인데 시바……. 누가 5천만 원 내고 이펙트 가리고 다녀.'

단가에 대한 불만은 없다. 오라는 판타스틱 월드에서 아이템에 깃든 마력이고 그것을 외부로 표출되는 걸 막아주는 장치이니 마법적인 과정들이 들어갔을 것이다.

그리고 그걸 만들 수 있는 자들은 마법사들뿐이니 당연히 비싸게 가격을 부를 테고.

"후."

가격도 알아보지 않고 김칫국부터 마신 내 잘못이지.

“다음에 오겠습니다.”

시무룩하게 마탑을 나올 수밖에 없었다.

분명 쓸데가 많은 건 변함없지만 500골드나 투자하면서까지 사고 싶은 마음은 없다.

그만큼의 골드도 없고.

“어디 오라 제어 장치 끼고 돌아다니는 호구 하나 있었으면 좋겠다.”

막연한 망상이나 하며 숙소로 돌아갔다.

2

다행히 제국의 수도는 정말 넓었다.

“…….”

말이 안 나올 정도로!

“와!”

어쩌다 한마디가 운 좋게 튀어나오면 그건 감탄사일 정도로!

“쯧쯧, 시골 촌놈처럼.”

“미쳤다. 어떻게 이런 걸 구현해 내지?”

칸의 비웃음 따위는 신경 쓸 겨를도 없이 구경하게 된다.

고작 성을 둘러싸고 있는 드넓은 성벽일 뿐인데도!

"진짜 베타고 미친놈이네."

놈인지 년인지는 잘 모르겠지만 또 한 번 감탄했다.

이런 디자인과 세밀함, 섬세함은 도대체 어디서 배워 만들어내는 걸까.

제국의 수도라는, 대륙의 중심이라는 걸 뽐내기라도 하듯 둘레를 걷는 데만 며칠이 걸릴 법한 넓은 성벽은 하나, 하나가 윤기 나는 돌로 세워져 있고 그 단단함은 굳이 쳐 보지 않아도 알 수 있을 정도다.

보나마나 마법 처리까지 되어 있겠지.

그뿐이랴. 마법 재료들로 코팅까지 해 제아무리 레벨이 높아진다 한들 유저들끼리 힘을 합쳐 땅따먹기 하듯 제국의 수도를 침공하기는 불가능해 보였다.

"후아."

현대와는 또 다른 매력!

높은 빌딩들과 빽빽한 건물들이 과학의 산물이라면 판타스틱 월드의 건물들은 마법의 산물!

정말이지 이런 걸 볼 때마다 캡슐 값이 아깝지 않다는 생각이 들었다.

'돈 많은 사람들은 좋겠네, 본전 뽑아서.'

뽑기론 한시민이 제일 먼저 뽑고 이득을 취해 나가는 중이지만, 아직 만족스럽지 않기에 비양심적인 생각을 갖고 판단했다.

어쨌든 제국의 수도는 들어가기 전부터 사람의 기를 죽이는 위엄이 있었다.

물론, 내부는 그 이상이었다.

“……와!”

“그놈의 감탄은.”

상상 속에서나 존재하던 판타지 세상이 있다면 이곳이다! 아니, 상상으로만 생각하기엔 부족했던 세세한 부분까지 완전히 충족되어 있다!

어째서 유저들을 이곳이 아닌 각 왕국의 도시들에서 시작하게 하는지 알 것 같다.

양파 같다!

사냥 따위 하지 않아도 대륙을 돌아다니는 것만으로 대리만족을 느끼고 즐거움을 만끽한다.

“뭐 이딴 게임이 다 있어.”

이건 혁명이다.

게임계의 혁명!

동시에 한시민의 잔머리가 굴러가기 시작했다.

감상 따위에 빠져 살기엔 아직 통장 잔고가 부족하다!

이런 아름다운 게임에서 돈을 벌 방법이 뭐가 있을까.

항상 생각해 오던 뇌는 제국의 수도를 보는 순간 현실과 관련지어 선택지를 제공했다.

“스승님.”

"왜."

"여기 땅은 얼마 정도 할까요?"

"……."

3

넓은 성 내부를 보며 떠오른 생각은 하나다.

'여기도 언젠간 유저들이 오겠지?'

미래에 대한 상상.

'언젠간 고레벨 사냥터가 득실거리는 곳이 유저들의 주요 활동지가 될 수밖에 없어.'

그리고 큰 그림!

이렇게 넓은 땅에 고급스러운 호텔을 짓는다면?

혹은 현대 느낌이 물씬 풍기는 아파트라든가!

중세와 현대의 조화는 사람들로 하여금 매력을 느끼게 만들 것이고 이는 곧 투자로 이어질 것이다.

'땅을 사야 해!'

물론 한시민은 부동산이니 뭐니 아는 게 없다.

그쪽에 관심 가질 만큼 돈이 있던 게 아니니까.

다만, 하나만은 안다.

남들보다 앞서 괜찮은 땅을 사면 어떻게든 돈이 된다!

불변의 진리 아닌가.

결국 판타스틱 월드도 또 하나의 세상이다. 사람이 많이 오가는 주요 지점엔 그걸 노리고 장사하려는 유저들도 늘어날 테니까.

잔뜩 부푼 마음으로 응시하는 시선에 칸이 진지하게 답해주었다.

"글쎄, 한때 제국 수도에 강화소를 내기 위해 알아보던 적이 있었지."

"오오! 그래서요?"

"우리 강화소만 한 크기의 건물이 2만 골드라더군."

"……."

"거기다 귀족들에게 20% 정도의 뇌물은 뿌려야 관련 서류들이 통과된다고 하니 대략 2만 4천 골드? 무슨 생각을 하고 있는지 알겠다만 차라리 망해가는 왕국의 땅을 사서 농사를 짓는 게 나을지도 모른다."

예, 스승님. 그런 것 같네요.

잔뜩 부풀었던 기대가 급격히 식어버린다.

베타고 이 새끼는 쓸데없는 것까지 배워서 게임에다 적용시켜 놨네.

2만 4천 골드라니.

현금으론 24억이 아닌가.

'아니지. 24억이 있어도 못 사지.'

그만큼의 골드를 가진 유저가 없을 테니까.

무언가 방법이 있지 않을까.

희망의 끈을 이대로 놓아버리기엔 아까웠지만 그러기엔 가진 지식이 너무 부족했다.

'젠장.'

다음에 기회가 있겠지.

돈이야 어떻게든 마련한다고 쳐도 그다음이 문제다.

모험가를 호구쯤으로 아는 NPC들 사이로 파고들어 부동산 사업에 뛰어들기엔 감수해야 할 것이 너무나도 많으니까.

그럴 바에야 그 돈으로 차라리 현실에서 집 몇 채 사는 게 나을지도 모른다.

"휴."

사실 일반적인 게임이었으면 이런 고민 자체를 하지 않았을 것이다.

하우징 시스템이 적용된 게임도 적잖이 있었고 집값이 현실의 월세라는 말을 듣는 게임도 결국엔 유저들이 어떻게든 게임 머니를 모아 구입했었으니까.

그냥 사고 싶으면 산다!

하지만 판타스틱 월드는 다르다.

사는 건 변함없지만 그걸 사서 이익을 낼 수 있는 구조기 때문에 머리가 아프다.

"가요."

게임에서조차 건물주가 되는 건 무리인가!

착잡한 발걸음이 중앙 성으로 향했다.

칸의 말로는 대륙의 강화사는 세 자릿수가 안 된다고 했다.

하나 모아놓고 보니 꽤 많아 보였다.

"와, 이 사람들이 전부 강화사예요?"

끄덕이는 고개와 함께 칸은 주변을 살폈다.

"저기 있군."

동시에 번쩍 드는 손.

반기며 달려오는 건장한 사내들은 한편임을 알 수 있었다.

"……예쁘고 가녀린 여자 강화사는 없어요?"

당연히 절로 인상이 찌푸려지는 자리!

아니, 어떻게 된 게 100명 가까이 되는 강화사들 중 예쁜 강화사가 단 한 명도 없냐!

"생물학적으로 여성인 강화사는 몇 있다만."

"……."

"소개해 주랴?"

"미쳤어요?"

그래, 뭐. 전문직이고 보수적인 가문들인 데다가 대장장이 같은 느낌이니 근력이 강한 남자 위주로 기술을 전수한다는 것쯤은 이해해야지. NPC랑 눈 맞아 살림 차릴 것도 아닌데.

그렇게 생각해도 아쉬운 건 어쩔 수 없었다.

친하게 지내면 게임 할 맛 좀 날 텐데.

"쩝."

주변에 눈이 번쩍 뜨일 미인이 둘이나 있는 한시민이 배부른 입맛을 다시는 동안, 모인 강화사들은 하나둘 자신들의 가문을 찾아 무리를 형성했다.

정확히 여섯 덩어리!

"살벌하네."

어차피 강화 스킬만 갖고 확률에 따라 강화해 주는 주제에 뭘 이렇게 편을 가르고 기 싸움을 하는지.

이해할 수 없었지만 동참해 이곳저곳을 째려봤다.

그래도 칸 가문의 소속으로 왔는데 열심히 장단 맞춰줘야지!

게다가 막상 자리에 서니 없던 소속감도 드는 기분이다.

지고 싶지 않다! 저 X밥들에게 나의 사기적인 능력을 보여주고 싶다!

열정과 함께 한 발자국 나서자 확연히 다른 공기가 그를 덮쳤다.

"……뭐, 뭐야."

분명 여섯 가문의 모임이고 각자 앙금이 있으니 시선은 제각기 다른 곳을 향해야 한다.

그게 아니더라도 무려 100명의 사람인데 그 사람들의 시선이 한곳에 모이는 건 말이 안 되잖아!

게다가 왜 하필 나야? 모험가 나부랭이에 초면인데?

"……."

동시에 떠오르는 하나의 가정.

진홍빛 오라!

시선이 절로 뒤를 향한다.

"스승님, 혹시 소문났어요?"

"아마도?"

"……."

그러면 그럴 수도 있겠구나. 자신들은 평생 강화만 해도 닿지 못할 경지를, 웬 머리에 피도 안 말랐을 초짜 놈이 밥 먹듯 성공하고 다니니 배알이 꼴릴 수도 있겠구나.

내가 왜 그 생각을 못했을까! 지금 이 상황을 달가워하지 않는 이들이 유저 외에도 있으리란 걸!

"네놈, 대체 무슨 수를 쓴 거냐!"

기다렸다는 듯 날아오는 악의가 가득 담긴 외침! 길 가다 명품을 쥐고 있는 어린아이를 붙들고 왜 훔쳤느냐 다짜고짜 다그치는 느낌!

"크."

감탄이 먼저 나왔다.

역시!

"이런 바닥이 텃세가 더 심하지."

"뭐라고? 새파랗게 어린놈이 어디 감히!"

그래, 그 대사도 나와줘야지.

'재수 없는 베타고 새끼.'

아주 사람 기분 잡치는 화법은 다 따왔구만.

판타지 배경인 세상에서 노인 공경 따위가 있을 리 없으니까.

심호흡을 한 차례 하며 물러섰던 걸음을 다시 내디뎠다.

어깨 펴고! 눈알은 당당하게 부릅뜨고!

덩치가 산만 한 다른 가문의 강화사를 노려본다.

"어딜 노려봐! 칸 가문은 햇병아리한테 예의범절도 안 가르치나 보지? 하긴! 당장 내일 망해도 이상하지 않을 가문에 예의는. 어디서 사악한 술법을 배워 강화라 사기 치는 놈이니!"

물론 통하지는 않았다. 한시민이 생각보다 그리 위협적으로 생기지는 않았나 보다.

"뭐라!"

"말이 심하지 않은가!"

그 반발로 가문에 대한 욕이 날아왔고 칸 가문의 강화사들이 나섰다.

"우리 형님들 화이팅!"

기회를 틈타 냅다 뒤로 빠졌다. 패기 있게 나섰지만 딱히 해결할 수 있는 분위기가 아니다.

일면식 있는 것도 아니고 저들과 말을 섞는 게 세상에서 가장 어리석은 짓이라는 걸 한마디에 눈치챘으니까.

'이미 그렇게 생각하고 있는데, 뭐.'

사술이니 뭐니 이해는 한다. 강화 자체를 신의 힘이라 생각하고 자부심을 갖는 이들이니까.

이를 테면 일종의 종교다.

그런 종교를 믿는 이들과 대화해 자신의 능력을 설득한다?

차라리 내 갈 길 가는 게 낫다.

엮이지 않아도 돈 벌 구멍은 충분히 많고.

"나와서 설명해 봐라!"

"네가 뭔데 우리 가문의 강화사를 핍박하느냐!"

"15강을 둘둘 두르고 있는 게 말이 되냐! 나와서 해명해라! 무슨 눈속임이냐!"

설전은 점점 과열되었다.

끼어들 생각 없는 한시민은 뒤에서 팝콘이나 까며 재밌게 구경했다.

'어차피 경연 대회인가 뭔가 시작되면 알아서 해결될 문제들인데, 쯧쯧.'

그러면서 조금 더 뒤로 빠졌다.

구경도 구경 나름.

이러다가 싸움이라도 나면 피 보는 건 한시민뿐!

'괜히 죽으면 곤란하니까.'

혹여 반지라도 떨어지는 날엔 곧바로 한강 수온을 확인하러 가야 한다.

왠지 이대로 끝날 것 같지 않은 기분이 들지만.

당당하니까!

어깨를 폈다.

한시민의 능력은 마족들의 사술이나 그런 게 아니다.

초능력!

'NPC들이 알아볼 수 있을 리가 없지.'

하물며 베타고, 판타스틱 월드의 신이나 다름없는 빌어먹을 슈퍼컴퓨터가 레전더리 직업이라는 훌륭한 갑옷도 준 상태라면 더더욱!

다만, 한 가지 소망이 있다면 조용히 경연에서 실력을 뽐낼 수 있기만을 바랄 뿐.

걱정하지는 않았지만 그의 인생에서 뭐든 행운이 조용히 찾아온 적이 없었기에.

'제발.'

간절히 기도했다.

부디 무사히 경연 대회 우승하고 보상받게 해주시옵소서! 그렇게만 된다면 부러움에 몸부림치는 저 덩치들의 욕쯤이야 얼마든지 먹겠습니다!

기도는 하늘에 닿았다.

거꾸로.

4

"축제를 시작하겠노라!"

"황제 폐하 만세!"

"황제 폐하 만세!"

황성이 떠나갈 함성이 제국을 울린다.

강화사 축제의 서막!

대륙의 다섯 전설 중 하나의 후예들을 위한 잔치임과 동시에 그들을 관리하려는 제국의 속내.

덕분에 제국민들은 오늘 하루 놀고먹을 수 있다.

강화사들이야 감시를 받든 관리를 받든 알 바인가!

그건 한시민 역시 마찬가지였다.

"크, 현실에서도 못 먹는 고기를 여기서 다 먹네."

배 터지게 차려진 상들은 눈을 돌아가게 만든다.

평생 배곯은 적은 없지만 군대 다녀온 이후 한 푼이 아까워 밥 먹을 때마다 가격표를 봐야 했던 과거를 생각해 보면 이런 진수성찬은 오랜만!

게다가 현실에서는 맛볼 수 없는 다양한 음식도 많아 입이 호강했다.

"천천히 먹어라. 먹다 죽겠다."

"안 돼요. 시간 있을 때 다 먹어야지."

"모험가가 어째 식탐이 더하구나."

"매일 라면만 먹으면서 연명해 봐요."

"……."

해서 칸의 만류에도 꾸역꾸역 음식을 집어넣었다.

체하든 말든!

설마 죽기야 하겠어?

죽는다 해도 먹다 죽은 귀신은 때깔도 곱다.

경연까지 두 시간도 남지 않았기에 위에 음식들을 처넣으면서 동시에 몰래몰래 마법 주머니에 넣었다.

14강이 되며 활성화된 아공간 덕분에 눈치 보지 않고 도둑질하는 여유!

호강하는 시간은 빠르게 지나갔다. 한시민을 비롯한 강화사들은 넓은 황성 앞마당 비슷한 곳으로 불려가 황제의 훈화를 들어야 했다.

"짐은……."

보나마나 뭐 항상 아낀다느니 앞으로도 잘 부탁한다느니 이런 이야기겠지.

대충 흘려들으며 준비되는 물건들을 힐끔거렸다.

'저건가 보네.'

매년 개최된다는 강화 경연 대회!

하는 거라곤 그냥 두드리기만 한 뒤 운에 맡기는 것뿐이지만 그마저도 100명도 안 되는 사람들을 능력자라고 모아놓고 그날의 행운왕에게 황제의 선물을 주는 자리.

부정부패가 있으려 해도 있을 수가 없다.
'후후.'
하지만 올해는 다르리라!
왜냐면 그가 참여했으니까!
'어제 날 욕한 걸 후회하게 만들어주겠다.'
보여주기식으로 진행되는 경연일지언정 황제가 직접 주최하고 참관한다. 적어도 수백 골드 정도의 상품은 주지 않을까?
생각만 해도 몸이 흥분으로 떨린다.
"그럼 이제부터 강화 경연을 시작하겠습니다. 각 가문의 대표 세 명씩 앞으로 나와주시기 바랍니다."
그와 함께, 그토록 기다리던 말이 들려왔다.
이미 칸이 이야기를 끝내놓았기에 망설임 없이 걸음을 내딛는다.
마찬가지로 앞으로 나서는 강화사들.
총 열여덟의 강화사가 황제에게 한 걸음 다가가 고개를 숙였다.
"이번 경연 물품은 최상급 성수입니다. 제한 시간은 2시간. 시간이 종료되었을 때 강화 등급이 가장 높은 강화사의 가문이 우승합니다. 그럼……."
진행자의 말과 함께 힐끔 작은 유리병에 담긴 순백의 액체를 바라본다.
자연스럽게 떠오르는 홀로그램.

'됐어.'

레어 등급이지만 레벨 제한은 1이다.

적어도 12강까지 명당 찾기는 어렵지 않으리라!

제한 시간 안에 돌아오기만 하면 되기에 움직이는 것 또한 제약이 없고.

'이겼다.'

다른 놈들은 운이 좋아 봐야 10강일 것이다.

"후후."

"그럼 시작해 주십시오!"

곧바로 자리에서 일어나 최상급 성수를 챙겼다.

속전속결!

빨리 끝내고 축제를 즐기러 간다!

"황제 폐하!"

그런 그의 귓가에 아주 불길한 목소리가 스쳐 지나갔다.

시선이 절로 근원지로 향한다.

"……!"

어제 노발대발 소리치던 그 싸가지 없는 새끼!

인상이 찌푸려진다.

미친한 강화사 주제에 황제를 불러대는 버릇없는 짓을 할 때엔 다 이유가 있는 법이니까.

'제발!'

그러지 마. 나 귀찮게 하지 마…….

"뭐냐."

"아뢰옵기 황송하오나 칸 가문에서 나온 강화사 중 하나가 부정한 힘을 사용하는 것으로 의심되옵니다. 축복받을 자리가 더럽혀질까 걱정되옵니다."

이 개색……. 기어코 일을 내는구나.

뺄쭘하게 시선을 올리니 한없이 차갑고 NPC임을 잊을 만큼 강렬한 위엄의 황제와 시선이 마주쳤다.

어떻게 할까.

오만가지 생각이 다 들었다.

그러다 이내 포기했다.

이미 엎질러진 물이다. 무슨 짓을 하든 귀찮아졌다.

증명?

하려면 할 수 있다. 하나 굳이 안 해도 될 걸 한다는 생각은 짜증까지 불러일으켰다.

해서 선택했다.

'시바, 이왕 귀찮아진 거…….'

고개를 돌렸다.

무릎을 꿇고 고개를 조아리는 빌어먹을 강화사 놈에게로.

그리고.

"뭐라? 이 개자식이! 날 모욕해?"

그대로 달려가 머리통을 걷어찼다.

5

"크허억!"

머리를 걷어차이고 몇 바퀴나 구르는 덩치!

분위기가 얼어붙었다.

그러거나 말거나 한시민은 떠들었다.

"감히 날 모욕하다니! 마족? 난 살면서 마족의 마 자도 증오하며 살아온 선량한 시민이야! 제일 싫어하는 음식도 마고 심지어 싫어하는 연예인도 마요미인데 그런 나를 마족과 엮어? 어제는 질투심에 하는 개소리라 생각하고 봐줬더니 감히 어느 안전이라고 황제 폐하 앞에서 구라를!"

얼굴이 새빨개지면서까지 내뱉는 말에 강화사들의 표정이 굳는다.

뭔가 잘못 돌아가고 있다! 한시민은 저렇게 적반하장으로 나오면 안 된다!

하나 거기서 끝이 아니었다.

한시민의 몸이 정면을 향했고 시선은 올라갔다.

"폐하! 인사 올리옵니다. 대륙의 다섯뿐인 전설, 그중 하나였던 강화사의 후예입니다."

"……!"

커밍아웃!

굳은 표정들이 이번엔 경악으로 바뀌었다.

동시에 강화사들이 앞에 황제가 있다는 사실도 잊은 채 시선을 칸에게 옮긴다.

회심의 미소를 지으며 어깨를 으쓱이는 칸!

거기까지는 말하지 않았나 보다.

"호오."

황제도 싸늘하게 굳었던 표정을 풀고 관심을 보였다.

"증명할 수 있나?"

하나 아직은 의심이었다.

진홍빛 번쩍이는 장비들을 착용하지 않았더라면 쥐뿔도 먹히지 않았을 이야기.

결국 그는 모험가에 레벨도 낮은 찌리일 뿐이니까. 게다가 당장 깽판을 치기도 했고.

당연한 시선이다. 해서 기분 나빠 하지 않고 고개를 끄덕였다.

"물론입니다."

"나 또한 신화급 장비를 보면서도 믿지 않는다. 과거, 전설 중 하나였던 강화사 역시 도달하지 못했던 경지니까. 또한 몇 번이고 그를 이용한 사기가 있어왔고. 내 앞에서까지 사기 치는 놈은 없었지만."

"증명해 보이겠습니다."

"증명하지 못한다면 모험가에겐 죽음과도 같은 형벌이 내려질 것이다."

"알겠습니다."

이놈의 NPC들은 유저들이 나타난 이후부터 어떻게 통제할까 고민부터 했나 보네. 아인 왕도 그렇고 제국의 황제도 그렇고 당연하다는 듯 말하는 걸 보니.

물론 상관은 없다. 증명할 수 있으니까.

"좋다. 대신 증명해 낸다면 네 소원 세 가지를 들어주겠다."

"……!"

"또한 널 모욕한 이들의 처분 또한 알아서 맡기지."

"감사합니다."

자신감 덕분일까. 파격적인 제안이 따라붙었다.

슬쩍 입꼬리가 말려 올라갈 정도!

아무렇지 않게 던진 말들이지만 엄청난 것들이다.

조건이 붙지 않은 소원 3개와 강화사들의 처분이라니.

각자의 가문이 있고 현재 소속되어 있는 왕국이 있는 데다가 무엇보다 대륙에 100명도 되지 않는다는 점을 생각해 보면 엄청난 결단!

만약 한시민이 전부 죽인다고 하면 대륙에 강화사들은 칸 가문 외엔 사라지게 되는 것.

'판이 커지긴 했는데…….'

없던 긴장도 생긴다.

꼭 성공해야 한다.

침을 삼키며 모루와 망치를 챙겼다.

움직이려는 그를 보며 다른 가문의 강화사들이 황급히 외쳤다.

“폐하! 보이지 않는 곳에서 사악한 술수를 쓰려고 하는 것인지도 모릅니다!”

“강화에 어찌 장소가 중요하단 말입니까!”

“여기서 강화하도록 해주십시오!”

어떻게든 방해해 보려는 수작!

하지만 흔들릴 한시민이 아니다.

“뭔 개소리야. 우리 스승님께서 말씀하시길 자고로 강화란 명당이다라고 하셨는데. 대체 강화를 뭐로 배운 거야? 혹시 그쪽이 사이비 아닌가?”

“뭐, 뭣!”

적반하장은 군대에서 짬 먹다 보면 자연스럽게 습득하는 패시브다.

잘못하면 후임 탓!

한시민의 역공에 강화사들의 얼굴이 붉어졌다.

평생을 몸 바친 프라이드에 난 스크래치!

어찌 화가 나지 않는단 말인가.

“아니, 생각해 보니 그렇네. 당신들, 진짜 강화사가 맞긴 해?”

“…….”

거기에 이어지는 존재 자체에 대한 모욕!

“안 되겠네. 조금만 기다려. 우선 증명부터 하고 나서 이야기하자고. 나 다음은 당신들의 차례일 테니까.”

"……."

그리고 협박!

내가 살아 돌아오면 너희는 죽는다!

너무나도 뻔뻔한 말에 강화사들은 순간 반박할 타이밍을 잡지 못했고 그 틈을 타 한시민은 유유히 자리를 떴다.

동시에 따라붙는 황실 기사단들.

"와, 대박. 이 사람들 데리고 사냥 가고 싶네."

번쩍번쩍한 장비들은 한시민의 것보단 부족하지만 결코 밀리지 않는다.

아마 레벨도 높겠지.

이런 부하들을 사냥시키고 경험치를 독식하면 얼마나 좋을까? 300% 페널티 따위 무시한 채 열심히 사냥할 수 있을 텐데.

입맛을 다시며 걸음을 옮겼다.

졸지에 방식이 바뀌었지만 강화 경연 대회가 시작됐다.

황제가 웃었다.

싸늘한 무표정에서 피어나는 절대자의 미소!

얼마 만이던가.

"재미있군."

다섯 전설 중 하나의 후예가 모험가라니.

그것도 흥미롭지만, 과연 소문으로만 듣던 모험가들의 배짱에 입꼬리가 절로 말려 올라갔다.

그 누가 황좌에 앉은 그에게 이토록 자신감 넘치게 행동했던가.

필요 이상의 오만도 아니다. 딱 흥미를 유발할 정도.

해서 기회를 주었다. 감히 그의 앞에서 난장판을 피운 모험가에게. 그가 직접 참관하는 경연의 내용을 바꿔가면서까지!

그리고 달콤한 당근도 매달았다. 정말 그 모험가가 다섯 전설 중 하나의 후예라면 써먹기 위해.

"전설이라. 등장할 때가 되었는가."

황제 역시 역사서에서나 보았던 내용이다.

그 힘은 얼마나 될까. 서술된 대로 전설의 강화사는 정말 강화 확률을 높일 수 있는 걸까.

동시에 눈매가 가늘어졌다.

만약 그렇다면.

'신전의 말이 사실이라면…….'

모험가, 한시민이 최상급 성수를 적어도 13강 이상만 성공시켜 온다면!

'내 이름을 걸고 영광을 누리도록 해주지.'

한시민이 들었다면 기뻐 날뛸 생각!

황제가 자리에서 일어났다.

황제가 떠난 뒤, 남겨진 강화사들이 한곳에 뭉쳤다.

칸 가문을 제외하고!

"저런 배짱이라니. 진짜인 거 아닙니까?"

"그럴 리가! 진짜라고 해도 말이 안 돼!"

"맞습니다. 진짜 전설의 강화사라도 15강이라뇨. 다른 전설들도 일생에 단 하나도 성공하지 못하고 생을 마감했다고 하지 않습니까."

"분명 무언가 다른 꼼수가 있을 겁니다."

"예전부터 유명하지 않습니까. 오라를 내는 것이야 다양한 방법이 존재합니다."

어제는 확신에 차 있었다면 지금은 불안함에 하는 뒷담화!

그러면서 원망에 찬 눈빛으로 칸을 노려본다.

"왜 말하지 않았나! 이런 배신자!"

"배신자라니. 말해도 믿지 않았을 거였으면서."

칸은 아주 만족스러운 미소를 띠며 비웃었다.

그 역시 침묵하고 있지만 자존심이 없는 게 아니다.

평생 강화사로 살다 한시민을 만나고 삶에 회의감을 느끼긴 했지만 다른 다섯 가문에게 망하기 일보직전이라는 말을 들으면서까지 참을 리가 있나!

고소하다는 표정으로 강화사들을 놀렸다.

동시에 응원했다.

꼭 시험에 통과하길!

애증이 섞인 놈이지만 그래도 그의 비전을 습득해 간 제자니까.

"그놈, 분명 실패할 겁니다."

"암, 제아무리 사기꾼이라도 황제 폐하의 눈을 속일 순 없지."

"쯧쯧."

해서 한마디 내뱉었다.

"너희들 걱정이나 하지그래?"

"뭐? 너희?"

"이런 망할 놈이!"

"내가 그 녀석을 얼마 겪지는 않았지만 잘 알거든."

"……?"

욕하거나 말거나!

우람한 근육을 앞세운 칸이 목소리를 키웠다.

"그놈은 아주 독해. 내 평생 살아오며 그렇게 독한 놈은 처음 봤지. 돈이라면 환장하고 또 하고 싶은 게 있으면 눈 돌아가고."

"……."

"그리고 자길 건드린 놈들은 절대 그냥 안 보내줘. 각오하라고 했으니 내 생각엔 쓸데없는 이야기 말고 어떻게 각오해야 하는지나 생각하는 게 좋아 보이는군."

"이 자식이!"

발끈하는 강화사들.

사이를 가로막는 황궁의 병사들!

부들부들 떠는 모습을 보며 칸이 비웃었다. 영락없이 자식 잘 키운 부모의 모습이었다.

6

어쩌다 보니 상황이 이상하게 흘러갔지만 걱정하지 않았다.

'좋아.'

결국 원하던 대로 됐으니까.

"우선……."

슬쩍 눈치를 봤다.

기사단은 그가 도망치지는 않나 감시만 할 뿐 어딜 가든 무슨 행동을 하든 정면을 바라보고 있었다.

역시!

삐져나오는 웃음을 참아내며 진중한 표정으로 최상급 성수를 강화하기 시작했다.

시작은 정직하게. 착실히 증명에 힘쓰는 척!

팟-

"쉽군."

근근이 이런 말도 던져 주고!

2강, 3강, 4강.

황제 앞에서 두드렸어도 성공할 확률.

남들보다 기본 5%를 더 보정받는 한시민은 굳이 명당이 아니어도 운 좋은 사람 정도로 보이기 충분하다.

그런 그가 대륙의 중심에서 명당을 찾아 망치를 두드린다.

신전에선 비싸게 취급되는 최상급 성수라도 순순히 강화 등급을 올려줄 수밖에!

'왜 하필 최상급 성수지?'

물론 중간에 잠깐 의문이 들긴 했다.

제국이고 황제가 주관하는 경연이다 보니 이만한 가격의 물건을 사용하는 게 미친 짓이라고까지 생각되지는 않는다. 하지만 적당히 구색이 맞으며 소모되어도 상관없는 물건은 많다. 왜 굳이 최상급 사제 이상의 축복이 깃든 성수를 사용하는 걸까. 값은 둘째 치고 생산되는 개수도 한정되어 있을뿐더러 쓰임새가 상당히 귀한 물건을.

한마디 할 수 있었다면 내게 줘라 했을지도 모른다.

그만큼 아깝다.

하나 금세 잊었다.

최상급 성수면 어떻고 길 가다 주울 수 있는 나뭇가지면 어떤가!

그림의 떡인 걸.

'반지나 강화하자.'

진짜 목적도 있지 않은가!

성수를 든 채 걸으며 슬쩍 반지를 쥔다.

'이 근처인데.'

14강!

그리고 15강까지.

초보자용 단검이 15강에 성공했던 때를 생각해 보면 분명 이곳에 명당이 있다.

아니, 있어야 한다.

14강은 우선 확실히 이 넓은 황성 어딘가에 있다.

해서 느껴지는 쪽으로 향했다.

중간중간 최상급 성수를 강화하는 것도 잊지 않았다.

그렇게 30여 분을 걸었을까.

명당을 찾았다.

"이곳은 출입 금지입니다."

"……."

물론 순탄치 못했다.

그러리라 생각도 않았다.

"여긴 또 어딘데요?"

그래, 들어나 보자.

화려한 황성 안, 어울리지 않게 수수한 디자인으로 꽁꽁 싸매어 있는 거대한 별궁의 정체.

황제가 이런 누추한 곳에서, 그것도 창문 하나 없는 건물에서 잘 리는 없고.

혹시 지하 감옥으로 통하는 통로?

"황실 창고입니다."

"……아, 황실 창고…… 예?"

완벽하게 빗나간 추측에 대충 고개를 끄덕이던 눈빛이 초롱초롱하게 빛난다.

동시에 좌절한다.

"……."

시바.

이 안엔 뭐가 들어 있을까?

아무거나 하나만 주워도 몇 년은 놀고먹을 수 있게 해주는 아이템들이 바닥에 굴러다니지 않을까?

그런 생각과 함께 안으로 들여보내 줄 리가 없다는 사실을 깨달아 절망한다.

"혹시 이 안엔 못 들어가겠죠? 증명하려면 필요한데……."

"황실 창고엔 황제 폐하께서만 들어가실 수 있습니다."

그렇게 선을 그어버리면 민망하잖아. 할 말을 잃게 만드네. 황가 직속도 아니고 황제만 들어갈 수 있다니. 젠장, 14강은 다른 명당을 찾아봐야 하나.

싶었던 순간.

"문을 열어라."

"……?"

구원의 목소리가 들려왔다.

누가 장난치나.

돌리는 시선의 끝엔 그가 있었다.

"……!"

"명을 받드옵니다."

창고의 주인. 아까보다 진한 흥미를 가진 채 지켜보고 있는 카리스마 황제가.

한시민의 표정이 어두워졌다.

'저 양반이 여기 왜 와?'

굳건히 닫혀 있던 문이 열리는 건 좋은데 안에 들어가는 조건이 황제와 단둘이라면 전혀 반갑지 않다.

'미친…….'

이건 뭐 이등병과 4성 장군 차이보다 더 심하잖아!

게다가 군대엔 군법이 있고 인권도 있어 4성 장군이 마음에 안 든다고 이등병을 막 죽일 수 없지만 눈앞의 황제는 마음만 먹으면 한시민 따위 100번이고 1,000번이고 죽일 수 있다.

그럴 일이야 없겠지만 본능적인 기피!

"됐나?"

"……예."

싸늘한 미소와 함께 창고 안으로 향하는 걸음을 보며 조심스레 뒤따랐다.

"와!"

물론 잠시일 뿐!

내부에서 쏟아져 나오는 화려한 빛들이 눈을 찌르기 시작하자 황제고 뭐고 시야에서 사라졌다.

예상대로구나! 역시 황제의 창고엔 벽에 붙어 있는 황금 쪼가리 하나만 떼어 팔아도 팔자 펴는구나!

욕심이 슬금슬금 올라온다. 옆에 황제가 흥미로운 눈빛으로 보고 있음을 알면서도.

'아공간으로 어떻게 안 되나?'

슬쩍 각을 봤지만 이내 포기했다.

당연히 안 될 것이다. 황성 내부에 있는 창고가 털릴 일도 없겠지만, 혹여 도둑이 든다 해도 그에 대한 대비는 다 되어 있을 테니까.

아쉽게 포기하고 당장 닥친 문제나 해결하려던 찰나!

"갖고 싶나?"

눈빛을 보았는지 황제가 은근히 물어왔다.

"네!"

해서 망설이지 않고 힘차게 대답했다.

하나 주려고 그러나?

왜?

이유는 모르겠지만 일단 질렀다.

거절?

한시민 사전에 그런 단어는 없으니까!

기브 앤 테이크라고 무언가를 받으면 상대방도 원하는 게 있다는 것쯤은 잘 알고 있지만 당장 눈앞에 쌓여 있는 수많은 아이템을 보고 어찌 그런 속물적인 계산을 하고 있단 말인가!

죽을 때 죽더라도 하나 먹고 죽고 싶다!

"그 성수, 지금 몇 강이지?"

"8강입니다!"

한시민에게 꼬리가 있다면 눈에 보이지도 않을 만큼 빠르게 흔들렸을 것이다.

NPC를 0과 1로 이루어진 데이터쯤으로 여기던 한시민이라곤 볼 수 없는 광경!

'돈 많으면 주인님이지.'

다행인 건 아인 왕도 그렇고 눈앞의 황제도 그렇고 한시민에게 꽤나 호의적인 반응을 보인다는 것이다.

그가 레전더리 직업군이라는 것이 이유에 큰 비중을 두고 있겠지만, 얼굴도 모르는 스승을 팔아 무언가 얻을 수만 있다면 뭐든 할 각오가 되어 있었다.

"네가 전설의 후예라는 것의 증명과 별개로 그 성수를 13강하면 1개, 14강 2개, 15강은 5개를 고를 수 있는 권리를 주지."

"……!"

뭘 고르라는 건지 말하지는 않았지만 지금 여기서 '뭘요?'라고 묻는다면 눈치 없다고 빰 맞아도 할 말 없는 상황!

입이 절로 벌어졌다. 심지어 다물어지지도 않았다.

'미쳤다.'

황제가 왜 이러지?

순간 두려움마저 들었다.

이건 너무 퍼주는 거 아닌가? 소원까진 그렇다 쳐도 이런 식의 호의라니.

정신이 번쩍 들었다. 동시에 상황을 냉철하게 판단하기 시작했다.

'대체 왜?'

이유를 알아야 한다.

어차피 게임 캐릭터니까 장기를 꺼내 팔든 노역장에 끌려가 몇 년 고생하든 그보다 많은 보상을 받는다면 상관이 없지만 이건 그런 수준을 뛰어넘었다.

이를테면 백지수표를 여섯 장쯤 걸었다는 뜻이다.

돈이 썩어나서 그랬을 리 없다.

'아니, 그럴 순 있지만…….'

그럴 필요가 없다.

황제의 눈빛도 그가 그렇게 호락호락한 인간이 아니라 말해주고 있다.

원래 당근과 채찍은 적절히 섞어야 하는 법.

조절하지 않고 당근만 줄 땐 긴장해야 한다.

"왜, 싫나?"

"아뇨, 싫은 건 아닌데……."

찝찝해서요.

라고 어떻게 말해!

"찝찝하겠지."

"……네."

잘 알고 있네.

"알 필요 없다. 결코 쉽게 거는 보상도 아니고 네가 할 수 있으리란 보장도 없으니까. 대답만 하라. 하겠는가."

하나 황제는 이유를 말하지 않았다. 그게 자존심이든 뭐든 번복될 일은 없어 보였다.

"하겠습니다."

해서 한시민도 그냥 질렀다.

그래, 뭐.

어쩌다 보니 여기까지 와서 황제와 독대하고 있는데 조금 더 나간다고 문제 될 게 있겠나. 어차피 증명을 위해 최소 13강은 할 생각이었다.

생각을 지운 채 모루를 들었다.

"아!"

그러다 떠올랐다.

잠시 잊고 있던 크나큰 문제. 보물창고에 들어와서 좋긴 한데, 황제와 함께 들어와서 난감한 이유!

'여긴 축복의 반지 명당인데…….'

큰일 났네.

성수고 뭐고.

현재 한시민의 인생 최대 과제는 축복의 반지 15강이다.

또 한 번의 고뇌가 찾아왔다.

7

메인 시나리오 퀘스트 2막의 시작 조건은 레벨 50 달성이다.

어찌 보면 1막 클리어보다 더 힘든 느낌.

레벨은 오를수록 필요 경험치가 많아진다. 특히나 초반부터 경험치 올리기가 헬인 판타스틱 월드에선 그 무엇보다 달성하기 어려운 조건일 수밖에 없다.

그런데 어쩌겠나! 노력하는 만큼 돌아오는 것 또한 판타스틱 월드인데.

실제로 스페셜리스트는 1막을 클리어하고 보스를 잡아 얻은 보상 외에도 NPC들에게 많은 걸 받았고, 그보다 중요한 친밀도와 공헌도도 잔뜩 쌓았다.

해서 달려나간다. 고난과 고통의 길일지언정.

"오빠! 왼쪽! 나 죽어!"

"엄살은."

쾅!

전투란, 그리고 호흡이란 경험이 쌓일수록 빛나고 쉬워지는 법이니까.

"후, 힘들다."

"수고했어."

오늘도 여전히 빡빡한 스케줄 속에서 사냥하고 있는 스페셜리스트.

레벨 업 속도는 초반 1~20과 비교하면 2배 이상 빨라졌다 자부할 수 있을 정도로 향상되었지만 표정은 그리 좋지 못했다.

'순위를 좁힐 수가 없어.'

이유는 그것!

불과 얼마 전 레벨 랭킹 10위대에 진입했고 탄력받아 30레벨까지 달성했건만 그 뒤로는 도무지 좁힐 수가 없었다.

한 페이지, 그것도 1페이지에 같은 길드의 랭커 3명이 동시에 분포해 있다는 건 충분히 대단한 일이고 홍보 효과도 누릴 만큼 누릴 수 있다는 말과 같지만…… 부족하다.

1등!

1등이 아니면 안 된다.

적어도 정설아는 그랬다.

최고! 최강!

승부욕 하나는 누구에게도 뒤지지 않는 그녀는 그 타이틀을 꼭 따내리라 생각했다.

그렇기에 고민해야 했다.

사냥 방식에 문제는 없다.

적어도 그녀가 생각하기에 가장 효율적이고 경험치도 많이 주는 몬스터를 선택했으며, 동시에 적절한 휴식 시간까지 갖고 있으니까.

그건 랭킹의 하락이 없다는 게 증명해 준다.

'다른 방법을 찾아야 해.'

필요한 건 변화!

지금의 방식은 그냥 이대로 현상을 유지하는 것 그 이상도 이하도 안 된다.

여기서 치고 올라가 천만이 넘는 유저 중 열 손가락 안에 꼽히려면 이보다 좋은 레벨 업 방식을 개발해야 한다.

이를테면 한시민이 며칠 전 올린 글처럼!

"언니, 또 그 고민이야?"

"이대로 가다간 역전이 문제가 아니라 추월당할 수도 있어."

"에이, 우리가 얼마나 빡세게 사냥하는데. 아마 다른 사람들은 여기 오지도 못할걸?"

"시민 씨가 제국으로 가다 만난 길드는 50레벨대의 던전에서 경험치 먹고 있었대."

"……에? 진짜? 가 아니라 뭐야! 언니 시민 오빠랑 계속 연락해?"

시작된 앙탈을 가볍게 무시해 준 정설아는 고민하고 또 고민했다.

하나 쉽게 생각날 리 없다.

스페셜리스트보다 위에 있는 랭커들의 방식은 단순히 머리로만 떠올려 얻은 게 아닐 테니까.

수많은 실패와 시도가 있었을 것이다.

하루아침에 보다 좋은 방법을 생각해 완벽히 실천한다면 그건 천재겠지.

"방법이 하나 있긴 한데……."

"뭐? 뭐?"

물론, 그녀는 천재다. 해서 기가 막힌 방법을 떠올렸다. 즉석에서 만들어낸 건 아니지만.

"축복의 반지. 경험치 보너스를 받으면 돼."

"……."

아주 쉽고 완벽한 해결 방법이다.

"그러네."

정현수가 역시 내 동생이라는 듯 고개를 끄덕였다.

돈! 하나만 준비하면 되지 않는가!

문제가 있다면…….

"그걸 시민 오빠가 얼마에 파느냐가 문제잖아."

"얼마든 사야 해."

"아니, 그걸 떠나서 터진 거 아냐? 13강 한 지 벌써 1주가 넘었는데 아무 소식도 없는 걸 보면……."

"……."

단 하나의, 최악의 변수.

축복의 반지가 터졌을 경우 이 계획은 물거품이 된다는 것이다.

"연락해 봐, 언니. 뭐라 안 해?"

"그때는 아직 명당을 못 찾았다고 하시던데?"

"아오! 터진 건 아니겠지? 설마 아직까지 찾겠다고 돌아다닐 리가 없잖아. 나라면 답답해서라도 지를 텐데."

아직까지 돌아다니고 있는 거 맞다.

하나 명당에 대해 자세히 모르는 강예슬은 답답함을 표출했다.

"씨……. 근데 진짜 반지, 그거 사기만 하면 레벨은 빨리 오르겠다."

"적어도 우리 중 하나는 한 자릿수에 갈 수 있겠지."

1인 제한이라는 단점이 아쉽지만 그게 어디인가.

누구라도 한 명이 더 빨리 강해진다면 그건 곧 파티의 전체적인 전력의 상승을 의미하고 동시에 사냥터를 한 단계 높일 수 있다는 결과와도 직결된다.

특히 그게 유니크 등급의 직업을 가졌고 누구보다 화려한 컨트롤을 보유한 정설아가 된다면 더더욱.

그래서 더 포기할 수 없는 것이다.

"언니, 그냥 기다리는 거 지루하니까 내기할까?"

"무슨 내기?"

그런 그녀에게 악마의 손길이 다가갔다.

강예슬의 묘한 미소!

남자들이 보았다면 침을 흘리며 고개를 들었을지도 모른다.

"무슨 내기?"

정설아 역시 혹해 물었다.

그녀가 홀릴 리는 없지만 확실히 이런 식의 내기는 기다리는 입장에서 흥미를 북돋아주는 역할을 하니까.

"시민 오빠가 강화를 성공하나 실패하나!"

"난 성공에 걸게."

"오예! 그럼 내가 실패. 이미 실패한 것도 포함하는 거다?"

"그래."

신나 하며 뛰는 강예슬을 보니 웃음이 절로 나온다.

역시 스페셜리스트의 분위기메이커이자 까불이!

이왕이면 성공했으면 하는 마음으로 내기에 임했지만 실패해도 얄미울 것 같지가 않았다.

"뭐 걸 건데?"

"음, 뭐 걸지?"

"간단하게 골드로 할까?"

안 그래도 촘촘히 짜인 사냥 일정에 잘 따라주는 것도 모자라 스페셜 등급의 직업으로 1인분 이상의 활약까지 해주고 있는 터라 고맙던 차였지 않은가!

정현수야 그녀가 하는 게임이라면 묵묵히 따라주지만 강예슬은 오로지 룩덕을 위해 게임을 하니까.

이런 무리하고 지루한 사냥은 절대 그녀의 취향이 아니라는 것쯤은 알고 있다.

해서 제시했다.

어디 한번 원하는 걸 말해봐!

언니 동생 사이에 흔히 있을 수 있는 대화지만 그 말을 꺼낸 당사자가 정예그룹 둘째 딸이라는 사실을 생각해 보면 엄청난 기회!

백화점에서 이름 좀 날리는 백몇 개쯤은 겟 할 수 있을지도 모른다.

"골드는 됐어!"

하지만 강예슬 역시 돈이라면 비슷하게 끌어다 쓸 수 있는 재벌.

그녀에게 내기에 걸린 돈은 흥미가 아니다.

"벌칙으로 춤추기 하자!"

"춤추기?"

잠시 고민하던 강예슬이 힘차게 외쳤다.

장난꾸러기 같은 미소를 띤 채.

사악한 눈빛으로 정설아의 머리부터 발끝까지 훑으며.

"응, 벗고 춤추기!"

"……?"

"시민 오빠 앞에서!"

"진심이야?"

"응! 재밌겠지?"

"좋아. 나중에 봐달라기 없기?"

"언니나!"

한시민이 들었다면 아주 바람직한 내기라고 손뼉을 쳤을 대화지만 안타깝게도 여기 있는 남자는 한시민이 아니라 정현수였다.

"뭐? 미쳤어? 그놈 앞에서 왜 발가벗고 춤을 춰!"

"재밌잖아! 그 정도는 돼야 벌칙이지."

"……안 돼!"

"아니, 당사자가 괜찮다는데 왜 오빠가 난리야? 설아 언니 마누라도 아닌데. 웃겨!"

"어쨌든 안 돼!"

강력히 반대하는 거구의 반란에 두 여자가 혀를 찼다.

당연히 그냥 재미로 하는 내기일 뿐이다. 물론 자신이 졌을 땐 그 재미가 진지로 바뀔 확률이 매우 높지만.

"오빠, 걱정 마. 어차피 예슬이가 걸릴 거야."

"푸하하. 언니, 그런 순진한 생각으로 어떻게 세상을 살아가려고 그래? 그렇게 희망만으로 살아가기엔 세상은 참 퍽퍽해. 내가 살아보며 느낀 점이야."

이제 막 23살에 입문한 사회 초년생의 말에 정설아가 웃으며 머리를 쓰다듬어 주었다.

맞는 말이지만 성공하리라 믿기로 했다.

같은 길드원이니까! 지금껏 믿음을 줬으니까!

하나 강예슬 생각은 다른 듯했다.

“아, 진짜! 그런 대책 없는 믿음은 안 된다니까? 절대 실패야, 이번엔. 절대!”

“성공할지도 모르잖아.”

“성공은 무슨! 내가 24시간 안에 14강 성공한다는 홀로그램 뜨지? 곧바로 시민 오빠 주소 따서 오빠 앞에서 다 벗고 개처럼 짖고 올게. 영상까지 찍고.”

“……너무 무리하는 거 아냐?”

“무리는 무슨! 이제껏 별 소식 없으면 시민 오빠도 쪽팔려서 말 못 하는 거지. 조만간 돌아올 테니 그때 날 잡고 제대로 물어보면…….”

그리고 그녀의 그런 한시민에 대한 불신은 화를 불렀다.

['시민' 님께서 '+14 축복의 반지' 강화에 성공했습니다!]

“…….”

['시민' 님께서 '+14 축복의 반지' 강화에 성공했습니다!]

'와, 씨…….'

반지의 오라가 연둣빛으로 바뀌는 걸 보면서도 기쁨 대신 안도의 한숨을 내쉬어야 하는 상황이란!

기뻐서 날뛰고 싶은 마음은 굴뚝 같지만 티 낼 순 없다.

"성공이군. 제물이라 하지 않았나?"

빌어먹을 황제가 뒤에서 지켜보고 있었으니까!

어떻게든 강화하겠다는 일념으로 뇌를 쥐어짜니 적당한 각본이 떠올랐고, 심각한 표정을 지으며 최상급 성수를 강화하기 위해 내 13강 반지를 희생하겠노라 망치를 두드렸다.

겉보기엔 수수하고 거지 같은 게 레전더리 아이템이라는 걸 알 수 없기에 황제도 별말 않고 지켜보았고, 덕분에 어떻게든 의식은 치렀지만 축복의 반지가 요구하는 제물은 넣지 못했다.

해서 뜬 확률이 14강 주제에 81%.

기본적으로 붙는 5%의 추가 확률이 아니었다면 76%라는 뜻!

웬만하면 성공할 확률이다. 하지만 세상에 하나뿐인 아이템이고 이미 수십억이라 김칫국 들이마신 채 강화하는 입장에선 야박한 숫자일 수밖에 없다.

하나 어쩌겠나.

황제에게 사실을 고하고 양해를 구하다가 버릇없는 새끼라고 쫓겨난다면 그나마 81%도 못 건진 채 또 다른 여정을 떠나야 했을 텐데.

그뿐이랴.

15강은?

성공 확률은 81%지만 15강의 명당이 이곳에 있을 확률은 99%다.

그렇게 확신하는 그에게 도박은 불가피했다.

해서 떨리는 마음으로 망치를 두드렸고 결과는 다행히도 좋게 나왔다.

이제 남은 건 뒷수습!

성공했다는 홀가분한 마음 덕분인지 말이 술술 나왔다.

"걱정하지 마십시오! 원래 제물은 성공해야 제맛입니다."

생각조차 거치지 않고 막 튀어나온다.

제아무리 황제라도 뭐가 맞는 말인지 알 리가 없으니 가능한 일.

진짜 성공시킬 생각이기도 했고.

'상부상조합시다.'

진지하고 탐욕스러운 눈빛이 황제를 훑었다.

평정을 되찾고 연둣빛 반지를 쥐어본 결과 역시 15강 명당은 이곳 어딘가에 있다! 그것도 가까이!

14강이 황제의 허락이 있어야 들어갈 수 있는 창고였다면 15강은 상식적으로 그보다 입장하기 어려운 장소일 수도 있다.

하니 황제의 마음을 얻는 수밖에!

"빠르게 가겠습니다."

최상급 성수 따위.

15강까지 금방이지!

비록 여기가 성수의 확실한 명당은 아니지만 워낙 장소가 좋다 보니 50% 보정을 받아 도전할 수 있다.

원래 9강 확률인 30%에 직업 옵션으로 붙은 5%, 거기에 명당 보너스 50%까지 더하면 무려 85%!

임시 심장이나 다름없는 축복의 반지도 81%에 망치를 방금 두드렸는데 그깟 증명용 성수 따위에 쫄 리가!

탕! 탕!

내뱉은 말을 지키기 위해 자신감을 마구 표출하며 망치를 두드렸고.

팟―

최상급 성수는 이펙트를 뿜어내기 시작했다.

하나 아직이다!

적어도 10강!

그리고 그를 만족시킬 페이를 지불한다면 책임지고 12강 이상까지 만들어준다!

그건 타인에게 능력을 함부로 사용하지 않겠다는 각오를 다진 한시민이 허락하는 유일한 마지노선.

원래 세상일이라는 게 융통성이 있어야 하는 법이기에.

'부모님이 강남에 오피스텔 한 채 주신다 하면 평생 날라리로 살았어도 그때부턴 매일 문안 인사를 올려야지! 암.'

이토록 깬 사상을 가진 그가 열정적인 눈빛으로 황제를 보았다.

"가시죠. 15강까지 빠르게 가겠습니다."

한시민은 오피스텔을 받을 준비가 되어 있는 남자였다.

10강, 11강.

황성은 그야말로 명당 노다지였다.

여기저기 돌아다니다 보면 찾을 수 있었고 덕분에 20분 만에 9강이었던 최상급 성수는 11강이 되었다.

한시민에겐 일상!

하나 황제에겐 생소하기 그지없는 장면.

"……놀랍군."

"감사합니다."

입에 발린 말 따위 할 줄 모르게 생겼으니 내뱉는 칭찬은 진심이겠지?

어깨가 우쭐해진다.

같은 칭찬이라도 역시 높은 사람한테 받아야 제맛이지!

어쩔 수 없는 권력의 노예라는 걸 인정하는 꼴과도 같지만 당당히 어깨를 폈다.

그게 뭐 어때서!

"그런데……."

다만 순조롭게 나아가는 상황 속에서도 여전히 걸리는 문제가 없는 건 아니었다.

"계속 따라오실 겁니까?"

"왜, 안 되나?"

"아니, 안 되는 건 아닌데……."

이런 관심 병사 같은 자식.

황제만 아니었으면 꿀밤을 세 대쯤 쥐어박고 그걸 말이라고 하느냐 묻는 건데.

대체 왜, 할 짓 없이 따라다니는 거냐!

"궁금해서 그렇다."

"……."

아, 예. 그러시구나. 말 한마디면 누워서 물도 떠다 드실 분이 비루한 강화사가 강화하는 거 궁금해서 따라다니시는구나.

말문이 막혔다.

대령하라는 것도 아니고 제 발로 걸어 다니면서 보겠다는데.

게다가 또 적절한 타이밍에 도움도 주지 않았는가.

하나 불편한 건 사실이다.

'이러다 삑이라도 나면 나 진짜 죽는 거 아닌가 몰라.'

그만큼 강화 등급이 올라갈수록 황제의 눈빛이 심상치 않다.

희망, 기대.

고작 최상급 성수에 뭘 바라는 건지 몰라도 경연에 걸려 있던 게 생각보다 많았다는 걸 알게 된다.

"12강 하겠습니다."

"……."

해서 저도 모르게 브리핑했다.

소심하게!

물론 말만 소심할 뿐 내려치는 망치는 상 남자의 표본!

팟-

보통 사람들에겐 1%의 확률인데 한시민은 아무렇지도 않게 성공한다.

황제의 눈빛에 이채가 조금 더 빛나는 느낌적인 느낌.

한시민이 참다못해 물었다.

"저…… 혹시 이거 어디 쓸데라도 있으십니까?"

그렇지 않고서야 말만 하면 뿌리까지 뽑아다가 모아올 성수에 이렇게 사랑스러운 눈빛을 보낼 리가 없으니까.

이유라도 들어보고 싶었다.

황제의 속사정!

얼마나 흥미로운가.

"강화를 끝낸다면 말해주지."

"오오!"

다행히 황제는 쓸데없는 걸 묻는다고 끌고 가는 대신 자비를 베풀었다.

퀘스트창은 안 떴지만 그의 본능은 말해주고 있었다.

이건 꼭 깨야 해!

'뭐지? 뭘까?'

대충 짐작 가는 바로는 역시 불치병이다.

판타지 소설이고 한국 드라마고 가장 흔하게 등장인물을 골로 보내는 설정!

당연히 주변 인물들은 불치병에 걸린 사랑하는 인물을 구하기 위해 별짓을 다 한다. 100년 묵은 산삼을 위해 떠나는 그런 스토리도 종종 등장하곤 하니까.

황제라고 그런 일이 없으리란 보장은 없지.

게다가 지금까지의 상황을 종합해 보면 그럴듯하다.

그냥 써도 웬만한 만병통치약보다 좋은 성수를 굳이 강화해서 쓰려는 이유가 있다면 말이지.

'호오!'

그런 생각이 드니 뭔가 사명감이 불타오른다.

가슴에 무언가 먹먹함도 생긴다.

누군가를 살리기 위해 황궁의 창고까지 개방하는 늠름함이란!

'아주 골수까지 뿌리 뽑아 먹기 좋은 상황이구만!'

킬 각은 잘 못 봐도 금맥은 잘 본다!

이건 돈 냄새가 나는 미션이다.

원래부터 너무 많은 돈이 깔려 있어 묻히긴 했지만, 그보다 훨씬 더 큰 무언가가 있다!

'적어도 친인척이거나 부인?'

그런 사람을 강화된 성수를 통해 구할 수만 있다면?

"……."

제국을 달라는 개 같은 소리만 하지 않으면 출세는 떼 놓은 당상일 것이다.

물론, 강화를 대가로 약속받은 수많은 보상이 있기에 황제가 호락호락 그의 의견을 수용해 반영하진 않겠지만…….

'인생은 설계하는 법!'

더 많은 걸 갖고 싶다면 적절한 상황을 만들면 그만이다.

저렇게 서슬 퍼런 눈빛을 하고 있는 황제에게 더 달라고 조르는 것보단 그가 알아서 주겠다고 할 수밖에 없는 상황을 만드는 편이 훨씬 마음이 편할 테니까.

잔머리가 빠르게 구르기 시작했다.

그리고 명당에 도착했다.

"13강 하겠습니다."

끄덕.

12강 때와는 완전히 다른 진지함이 한시민의 망치에 깃들었다.

각오한 자의 의지!

하늘 높게 치켜든 망치가 정점을 찍고 멈춰 섰다.

동시에 그의 안색이 어두워졌다.

시선이 그 상태 그대로 황제에게 향했다.

"13강부턴 확률을 높이기 위해 제물이 좀 필요합니다."

"……."

9

최상급 성수 강화에 필요한 제물 따위는 없다.

하지만 없는지 아닌지 아는 사람 또한 한시민뿐이다.

사기 쳐도 사기가 아니라는 뜻!

대충 상황을 파악한 한시민은 곧바로 수금에 들어갔다.

"100골드는 먹여야 할 것 같습니다."

황제에게 성심을 다해 약을 쳤다.

마치 전문가인 양 설명을 늘어놓는다.

제물의 종류는 두 가지!

하나는 다른 아이템을 강화함으로써 확률의 패턴을 파악하는 것과 강화하는 도중에 다른 제물을 넣어 강화의 확률을 높이는 것!

"13강부터는 제물 삼을 게 마땅치 않습니다. 제가 아직 스승님의 능력을 완전히 소화할 수 있는 것도 아니고요. 그저 죄송할 따름입니다."

되도 않는 개소리지만 지금까지 보여준 강화 실력에 이제 믿음이 가는지 황제는 뒤에서 대기하는 사람을 불러 돈을 가져오라 명을 내렸다.

"아까 그 반지도 있지 않나."

그리고 의견을 내는 적극성까지!

예상치 못했던 공격에 뜨끔했지만 재빨리 대처했다.

"이건 당연히 15강 갈 때 써야 할 제물입니다. 고작 13강 가는 데 쓰다뇨."

이 새끼가! 감히 내 반지를 건드리려 하다니!

"그렇군."

"예, 조금 있다가 반지 터뜨리고 성수 15강 하겠습니다."

부들부들했지만 애써 웃었다.

'아오, 씨. 황제만 아니었으면 뒤졌다.'

참아야지. 어쩌겠는가.

잠시 기다리니 골드가 대령되었고 기쁜 마음으로 모루에 올리는 척 아공간에 넣어버렸다.

짭짤한 부수입! 제국까지의 지루했던 시간들을 한 번에 잊게 해주는 달콤함!

'지금이 13강이니까…….'

14강엔 한 500골드쯤 부를까?

15강엔 2천 골드쯤 부르고.

원래 한 번이 어렵지 두 번, 세 번은 쉽다.

게다가 돈이라면 썩어 넘치는 황제가 아닌가!

아직 강화된 성수의 사용처에 대한 선부른 확신은 금물이지만 황제가 그에게 과한 호의를 베풀고 있다는 점은 지금의 상황이 게임 속 스토리라는 것과 어우러져 한시민의 간덩이를 건드렸다.

"으음, 14강은 더 어렵네요."

"성공할 수는 있나?"

"무슨 섭섭한 말씀을! 충분합니다!"

슬쩍 눈치를 보며 꺼낸 말이 별다른 의심 없이 돌아오자 자신감이 붙었다.

'이왕이면 반지 15강 제물을 좀 미리 구하면 좋을 텐데.'

그렇다면 정말 최상의 시나리오겠지만 안타깝게도 거기까지는 나아가지 못했다.

황제가 호구도 아니고 허튼수작을 부리고 있다는 사실을 눈치채기라도 한다면, 아니, 그저 자신을 이용하고 있다는 의심을 조금이라도 하는 날엔 지금 한시민이 누리고 또 앞으로 누릴 모든 것이 한순간의 꿈이 될 게 분명하니까.

고작 게임 주제에 현실보다 더 살벌하니 조심해야 한다.

해서 간단하게 300골드만 받았다.

"14강 하겠습니다."

그래!

어차피 원래 목적은 반지였으니까.

탕! 탕!

기적을 바라는 눈빛, 동시에 한시민의 자신감에 가진 희망.

저게 정말 황제가 맞나 싶은 모습에 고개가 절로 저어진다.

'하여튼 제정신인 놈이 없어.'

따끔한 자아 성찰과 함께.

팟-!

[강화에 성공했습니다.]

별것도 아닌 순백의 액체가 연둣빛 오라를 내뿜었다.

동시에.

차차차창-

황제의 뒤에서 묵묵히 그를 호위하던 황실 기사단이 일제히 검을 뽑아 한시민을 포위했다.

"……?"

아니, 이게 뭐 하는 시츄에이션?

황당한 눈빛이 황제를 향했고 황제는 친절히 눈빛에 담긴 질문에 답해주었다.

"네가 전설의 강화사 후예라는 건 이제 알겠군. 인정하고 내 약속한 모든 것을 주겠다. 하나, 성수의 강화는 거기서 멈추겠다."

"……예? 왜요?"

아니, 왜? 다 와놓고.

14강보다 15강의 효과가 훨씬 좋은 건 지나다니는 똥개도 아는 사실 아닌가?

"신전에서 예언이 있었다. 공주를 살리고 싶거든 최소 13강 이상의 최상급 성수를 먹이라고. 14강이 더 좋고, 그보다 15강이 더 좋다는 것쯤은 알고 있지만 조금의 가능성을 올리기 위해 성수를 잃고 싶지 않다."

"……."

아, 역시! 추리는 틀리지 않았다! 거기다 죽어 가는 사람은 무려 딸인가!

이제야 이해가 좀 됐다.

황제 앞에서 그리 무례한 행동을 했음에도, 황성 내부를 여기저기 돌아다니며 이것저것 요구함에도 직접 들어준 이유!

'그러니까 이게 없으면 안 된다 이 말이잖아?'

기나긴 여정의 결말은 단 한 문장이다.

그리고 사건의 종지부를 찍을 성수는 그의 손에 들려 있고.

그를 향하는 수많은 검은 허튼수작 부리면 죽이겠다는 의지를 가득 담고 있지만…….

'시바, 이렇게 끝낼 순 없지.'

아직 진짜 목적을 못 이뤘단 말이다!

입꼬리가 말려 올라간 한시민이 그대로 성수를 쥔 손을 머리 위로 올렸다.

"동작 그만!"

이런 식의 전개는 좋을 게 하나 없다는 것쯤은 잘 알고 있다.

당장 칼자루는 쥐고 있지만 놓치는 순간 황제와 척을 지고 게임 생활에 아주 막대한 골칫덩이가 생기게 될 테니까.
하지만 어쩔 수 없다.
'여기서 포기하면 안 돼.'
적당히 타협할 수도 있다.
하나 성수의 15강 명당과 반지의 15강 명당이 같은 곳임을 확인하는 순간 그 생각은 깨졌다.
가장 빠른 길은 성수 15강을 핑계로 반지까지 함께하는 것!
어떻게든 황제를 설득해야 한다.
"왜 15강은 안 된다고 생각하십니까!"
해서 진심을 담아 외쳤다.
"그러는 네놈은 어떻게 확신할 수 있지? 15강. 절대 쉬운 일이 아니라는 것쯤은 알고 있을 텐데?"
반면 황제는 여전히 침착했다. 그의 입장에선 한없이 낮은 자가 협박하고 있음에도.
그게 더 답답했다.
원래 속이 좁았으면 그러려니 이해라도 할 텐데 지금까지 잘만 지켜봐 오다가 왜 하필 가장 중요한 부분에서 태클이냐고!
"아니, 그냥 좀 믿어주세요. 시바, 해준대도 지랄이야."
저도 모르게 욕이 나갔다.
뜨끔했지만 숨을 들이켜 최대한 아무렇지 않은 척했다.
"지금 욕한 건가?"
"설마요. 잘못 들으신 것 같은데."

내가 이놈의 게임 언젠가 뒤집어엎고 만다.

애써 미소를 끌어올리며 설득을 시작했다.

“제겐 충분한 제물과 명당만 있으면 12강이든 15강이든 큰 확률의 차이 없이 강화할 능력이 있습니다. 맡겨만 주십쇼.”

“내가 괜찮다는데 왜 그러지? 혹여 다른 꿍꿍이가 있나?”

빌어먹을. 눈치는 개같이 빠르네.

순간 왼손 약지에 끼인 반지를 매만지며 변명했다.

“예, 사실 이왕 하는 거 15강 해서 눈도장 좀 찍으려고 합니다.”

슬슬 눈빛에 의심이 쓰이기 시작했으니 여기서 더 왈가왈부해 봤자 좋을 게 하나도 없다는 판단!

반쯤 진심을 내뱉으며 승부수를 던졌다.

“정 못 미더우시면 내기하시죠.”

“내기?”

“예, 내기! 제가 15강 할 수 있나 없나. 어떻습니까? 만약 실패하면 성공할 때까지 노예처럼 강화만 하겠습니다.”

“성공한다면?”

글쎄, 생각은 안 해봤는데.

막상 떠오르는 것들은 수도 없이 많지만 선뜻 내뱉지는 못했다. 소원이야 이미 3개 들어주기로 했고 성수 15강을 한다면 창고에서 굴러다니는 귀한 아이템도 3개 받을 수 있으니까.

거기서 하나 더 추가하기엔 밋밋했다.

무언가 더 가치 있는 게 없을까.

미간을 찌푸려가며 머리를 짜냈다.

"아!"

그러다 떠올랐다. 가장 간단하면서 동시에 효율적인 데다가 아주 가치 있는 소원!

"따님을 주십쇼!"

"뭐?"

"쫄리면 뒤지시든가!"

당당하게 외쳤다.

"크하하하하하!"

"……?"

그 외침을 황제는 예상치 못했던 반응으로 화답했다.

10

진심으로 웃었다. 정말 순수하게. 가슴속 깊숙한 곳부터 끓어오르는 간지러움 때문에!

"크하하하하하!"

"……!"

얼마 만의 기쁨이던가.

실성한 건 아니다.

정말 우스웠다.

대륙의 주인, 제국의 황제인 그 앞에서 이토록 당당히 말하는 자가 누가 있던가!

역사 이래 최악의 황제!

최고의 폭군!

무자비한 살육자!

그는 온갖 부정적인 타이틀을 가지고 있었고, 실제 성정 또한 그런 말을 듣고도 눈썹 하나 깜짝하지 않을 정도로 강철이었다.

당연히 역사서를 안중에 두지 않았고 신을 믿지 않았으며 무엇이든 그의 기준에 따라 행동했었다.

그건 당연한 것이고 그의 말이 곧 법이다.

자신이 옳다 믿기에 신하들의 말을 듣지 않았고 그 결과가 대륙의 안정과 백성들의 삶의 평안으로 이어지자 신하의 잔소리마저도 줄어들었다.

자연스러운 지배!

그 뒤론 굳이 그가 성정을 드러내지 않아도 모두가 복종했다.

그런 세월만 10여 년이었다.

자신의 길을 믿었고 옳다는 걸 증명해 뿌듯했다.

눈에 넣어도 아프지 않을 유일한 딸이 병에 걸리지만 않았다면.

사용할 수 있는 모든 수단을 동원했고 태어나서 처음으로 신이라는 존재를 기도했으며 신전의 말을 아낌없이 수용했다.

그만큼 무뎌졌기에 한시민의 말을 듣고 웃음이 나오는 것일지도 모른다.

인정하긴 싫지만 흥미롭다!

"재미있군. 내 딸을 달라?"

"예."

"눈에 넣어도 아프지 않을 내 딸을?"

"……아니, 뭐, 그 정도면 조금 죄송하긴 한데. 내기니까."

껄렁껄렁 다리를 흔들며 말하는 모험가의 말투는 감히 황제에게 내뱉을 정도로 무겁지 않다. 게다가 차림새 또한 진홍빛 오라가 아니라면 지나가던 거지라 해도 믿을 정도로 초라하고.

그럼에도 저토록 당당할 수 있는 이유는 역시 불사의 존재이기 때문이겠지.

또 다른 차원에서 모험을 즐기기 위해 오는 이들.

"과연……."

언젠가, 신전에서 한 말이 떠올랐다.

"모험가들이 대륙의 오랜 숙원을 풀어줄 열쇠가 되어주리라!"

당시 차가운 비웃음을 치며 무시했지만 눈앞의 모험가를 보니 알 것도 같았다.

불사를 배경으로 죽음을 두려워하지 않고 모험하고 점점

더 강해지는 이들!

당당히 황제에게 내기를 제안하는 배짱까지.

불쾌하기보다 마음에 든다.

오랫동안 가장 높은 자리에서 그의 발끝만 보면 벌벌 떨던 대륙의 사람들과 비교하면 모험가들만 꾸려다 군대를 만들고 싶을 정도로!

"좋다."

해서 고개를 끄덕였다.

제국의 사위.

하나뿐인 혈육의 남편이라는 자리는 결코 아무에게나 줄 수 없지만.

특히 언제든 마음이 떠나면 오지 않을지도 모르는 모험가에게라면 더더욱!

하나 그러리라 판단했다.

판단하고 결정했다.

그의 말은 여전히 법이고 굳건한 가치관은 변하지 않았다.

모험가, 전설의 후예, 그리고 그를 흥미롭게 만든 배짱.

이 세 가지면 충분하다.

"대신 조건이 있다."

"예, 말만 하십쇼!"

"계약서를 적겠다."

대신 벌어질 변수에 대한 대비는 철저히 하리라.

흥미로운 미소가 떠나지 않는 황제가 손을 들었다.

잠시 뒤, 두 사람은 두 장의 계약서 앞에 서게 되었다.

"아니, 꼭 이렇게까지 하셔야 합니까!"

"왜? 싫나?"

"……싫은 건 아닌데요."

찝찝하잖아요. 아주 많이.

다짜고짜 계약서를 내밀며 서명하라 하면 누가 '예' 하고 순순히 서명하겠습니까!

"네가 원하는 것만 얻고 도망칠지도 모르니 나로선 대비를 할 수밖에."

"……."

게다가 그렇게 논리적으로 말하면 반박할 여지도 없잖아요.

'하아.'

바라던 바이긴 하다.

들어주리라 상상도 못 하고 내뱉은 패기 넘치는 말이었지만 황제의 사위가 된다면 그냥 이름뿐인 사위라 할지언정 유저 입장에선 다른 이들보다 훨씬 더 많은 이점을 갖고 게임을 하게 될 터. 그뿐만 아니라 머릿속에 구상한 수많은 것을 하나씩 이뤄갈 발판을 마련하게 되는 셈이다.

부자 되기!

막연하게 생각만 했지 막상 그걸 이룰 희망이 생기니 얼떨떨할 뿐.

이를테면 취집!

아니, 취장인가.

어쨌든 현실에서는 결코 불가능한 출세를 이룰 수 있다는 사실만으로 정체 모를 계약서에 서명할 이유는 충분했다.

100년쯤 노예로 부려지다 장기를 내다 판다는 내용이라도.

게임이니까!

다만, 단 한 가지 불안한 구석이 있다면 상대가 황제라는 점이다.

하나의 세상을 창조한 인공지능 베타고!

그 자식이 만든 대륙의 지배자.

"한번 읽어봐도 되죠?"

"그러든지."

조심스럽게 한 장의 계약서를 집었다.

그러곤 읽는 척하며 종이의 정체를 확인했다.

어차피 계약의 내용 따윈 중요치 않다.

지키지 않으면 그만이니까!

[영혼의 계약서]

* Epic Special

* 옵션 1: 계약자 간 영혼을 담보로 내용을 이수하도록 만듦

* 옵션 2: 유저의 경우 계약 위반 시 캐릭터 삭제

아니구나.

"……."

이 양반이 미쳤네.

황당한 시선이 황제에게 향했다.

"지금이라도 포기할 거면 포기해도 좋다."

"합니다, 해요."

흥미 가득한 미소를 보고 있자니 하려던 말이 쏙 들어가고 오기가 생긴다.

그래, 해보자 이거지? 사람 잘못 건드렸어.

한시민은 한번 꽂으면 바닥까지 빨아버릴 준비가 되어 있는 빨대다.

황제 역시 그에게 바라는 게 있으니 이런 식으로 대처하는 것이겠지만 후회하게 만들어주리라!

'계약 내용은…….'

물론 쫄리지 않는 건 아닌지라 곁눈질로 내용을 훑었다.

혹시 모르니까!

'갑과 을은 최상급 성수 15강을 두고 내기를 한다. 갑은 실패, 을은 성공에 배팅하며 강화는 을이 시도. 성공할 시 갑은 을을 하나뿐인 공주의 남편으로 삼고, 실패할 시 을은 최상급

성수 15강을 성공할 때까지 평생 황제의 귀속 강화사가 된다.'
이상한 내용은 없었다.
'어길 시'라는 문구 역시 해괴망측한 계약서에 알아서 붙어 있으니 굳이 적지 않은 듯하고.
조심스럽게 서명하자 계약서에서 칠흑의 어둠이 짙게 스며들며 홀로그램이 나타났다.

[계약했습니다.]
[계약서의 내용은 계약자 어느 한쪽이 소멸할 때까지 이어집니다.]

그러곤 가루가 되어 사라지는 계약서!
"……대체 이런 건 어디서 구하신 겁니까?"
한눈에 봐도 마족들이나 쓸 만한 아이템 아닌가. 영혼을 건 계약서라니.
"언젠가 쓸 날이 오리라 생각했지."
예, 그러시겠죠.
"가시죠."
어쨌든 결과적으로 원하는 대로 되었기에 만족했다.
누이 좋고 매부 좋고!
지리란 생각은 한시민의 머릿속에 단 1%도 존재하지 않았다.

잠시 주춤했던 발걸음은 그 어느 때보다 당당하게 황궁을 휘저었다.

종지부!

정말 예상치도 못했던 우연에서 시작해 게임 인생을 건 내기까지의 기나긴 서사시를 끝낼 때가 왔기에!

'진짜 그때 강화소 안 갔으면 어쩔 뻔했어.'

상상만 해도 끔찍하다.

물론 계획했던 대로 움직이고 착실히 돈을 벌기 위해 강화를 했겠지만 이런 식의 일확천금을 얻을 기회 따위는 없었을 것이다.

'역시 될 놈은 돼!'

해서 평소의 불운이 오늘을 위한 것이라 생각하기로 했다.

고생 끝에 낙이 온다!

소원도 세 개 빌고 창고에서 아이템도 3개 챙기고 덤으로 황제의 딸까지!

이름뿐인 부마가 될 확률이 높지만 그마저도 감수할 수 있다.

돈만 충분히 뜯어낼 수 있다면!

"후후."

동시에 기대도 됐다.

무려 두 가지 아이템의 15강 명당.

어디일까.

"여기로 가면 어디가 나오죠? 혹시 폐하의 처소?"

"내 처소는 반대쪽이다."

이제는 목숨 건 내기도 하는 사이겠다, 조금 편하게 말을 건네자 황제가 고개를 저었다.

아쉽군.

아직 황제의 처소에서 강화할 만큼의 아이템 레벨과 등급은 아닌가 보다.

그럼 어디지?

또 묻기 전에 다다랐기에 앞으로 나섰다.

"들어가도 되나요?"

그러곤 황제에게 물었다.

저지하지는 않지만 왠지 들어가면 안 될 것 같은 화려함이 잔뜩 묻어 있는 곳인데.

"그건 내가 아니라 이 궁의 주인에게 물어야겠지."

"예?"

뭔 개소리래.

이유는 금방 알 수 있었다.

"아바마마!"

"……?"

거대한 별궁의 문이 열리며 들려오는 귀를 긁는 목소리.

인상이 절로 찌푸려지고 동시에 듣고 싶지 않다는 생각이 본능적으로 든다.

자연히 시선은 그쪽으로 돌아갔다.

대체 누구야!

'……설마?'

봐야 아는가!

그동안 읽어온 판타지 소설이 몇 권이고 봐온 드라마가 몇 편인데!

이 정도 상황에 이런 분위기!

게다가 정답이나 다름없는 말까지 들었는데 모르면 여기서 있을 자격이 없다.

"내기가 더 재미있겠군. 네가 말한 명당이라는 곳이 이 별궁 내부에 있다면 말이야."

"……."

한시민은 입을 벌린 채 할 말을 잃었다.

황제의 의미심장한 말 때문이 아니다.

별궁 안, 열 발자국은 떨어져 환한 미소를 짓고 있는 공주를 보았기 때문.

'저러고 산단 말이야?'

불쌍하다.

온몸에 종기가 나고 피부는 푸르고 누렇다.

당연히 인간의 몰골임을 확인하기 힘들고 목소리 역시 그

때문이라는 걸 알게 해준다.

저주!

어째서 황제가 그의 무례를 감수하고 필요 이상의 내기까지 하며 강화된 성수를 원하는지 이제야 확신했다.

"3년째다. 나조차도 먼발치서 얼굴밖에 볼 수 없는 자식이다. 모든 걸 얻고 싶나? 그렇다면 들어가 내 딸을 구해오라. 그에 합당한 모든 걸 내주겠다."

['공주의 저주'를 수락했습니다.]

그리고 또 한 번 인상이 찌푸려졌다.

잠깐.

"3년간 얼굴만 봤다고요?"

왜요?

라는 질문은 굳이 하지 않았다.

왠지 알 거 같았으니까.

저도 모르게 확인하기 위한 걸음이 떼어진다.

별궁 내부로.

동시에.

['저주의 성역'에 입장했습니다.]

[모든 스탯이 90% 감소합니다.]

[상태 이상 '혼란'에 빠집니다.]
[체력이 지속적으로 소모됩니다.]

'시바…….'
욕이 절로 나왔다.

Episode 9.

터져라

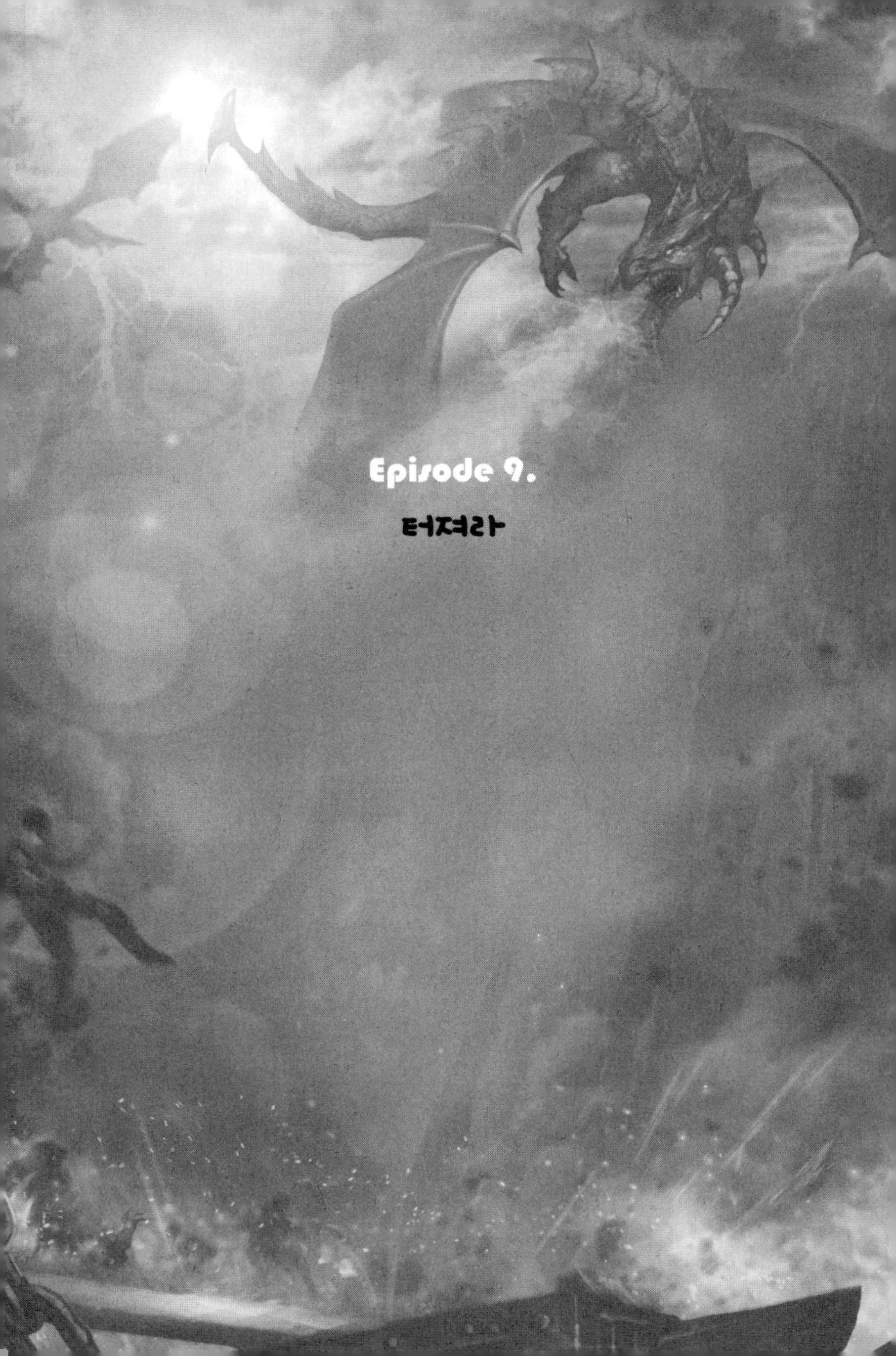

1

"으악!"

곧바로 발을 뺐다.

빼야만 했다.

"후, 뒤질 뻔했다."

1초?

잠깐 발을 들여놓았을 뿐인데 체력이 바닥을 치고 있었으니까.

어물쩍대다간 곧바로 로그아웃됐겠지.

"……."

"어떤가. 계속할 마음이 있나?"

원망 가득한 눈빛으로 황제를 보자 순수한 미소가 돌아온다.

아오, 씨. 얄미워. 저렇게 기대하는 눈빛으로 보면 괜히 방법을 찾고 싶지 않아지잖아.

하나 걸린 게 워낙 많은지라 숨을 들이켰다.

그리고 물었다.

"왜 저러고 있어요?"

"보다시피, 저주에 걸렸다."

"……저주에 걸린 건 공주님인데 이 별궁은 대체 무슨 죄?"

"그거야 저주를 건 자만이 알겠지."

"그 사람은 어디 있는데요?"

"그건 나도 모른다."

예? 이건 또 뭔 소리래. 아니, 딸이 저주에 걸려 저러고 있는데 이유를 모르는 게 말이 돼?

"마족으로 추정할 뿐, 어느 날 갑자기 이렇게 되었다."

"……."

뭐, 그럴 수도 있지. 게임인데.

흥분을 가라앉히고 경청 모드로 들었다.

정신 나간 NPC들이 이곳을 그들의 세상으로 생각하며 살다 보니 자연스럽게 동화되었고 가끔 게임임을 잊고 생각하게 된다.

시나리오 중 하나겠지.

"궁 또한 공주가 저주에 걸리던 날 저렇게 되었고, 겪었다시피 다른 사람들은 들어가면 모두 살아 돌아오지 못하는 곳이 되었다."

"그렇군요."

……가 아니네.

'시바, 좆됐다.'

구구절절한 사연 따위엔 관심 없다.

그래 봐야 짜인 시나리오일 뿐이고 그와는 관계없는 일이니까.

하지만 문제는 하등 관계도 없는 상황 속 명당이 있다는 거지!

한시민의 표정이 다급해졌다.

"그럼 저기 어떻게 들어가는데요?"

"못 들었나? 공주 외엔 저 안에서 살아 나온 이가 없다고."

"아니, 그래도 몇 달이나 지났으면 방법이 있을 거 아니에요. 제국에 강한 사람도 많고."

"방법이 있었다면 당장 저주부터 풀었겠지. 오죽하면 내가 신전의 계시를 행하겠나."

"……."

이런 미친! 네 딸이잖아! 그렇게 여유로운 표정으로 말하지 말라고!

"그럼 밥은 어떻게 줘요? 저렇게 됐어도 먹고 살아야 하잖아요."

"음식을 문 앞에 두면 공주가 가져다 먹는다."

"……어떤 새끼인지 아주 빌어먹게도 저주를 걸어놓으셨네요."

죽이려고 건 건 아닌가 보다.

어쨌든 결론은 지금 당장 들어갈 방법 따위는 없다는 뜻이네.

"하아."

내 인생 왜 이러냐. 몇 시간 전만 해도 이게 웬 떡이냐는 생각으로 넙죽 내미는 내기를 받아들였는데 이런 식이면…….

"저기, 황제 폐하. 그냥 내기 취소하면 안 되겠죠?"

"된다."

"오! 그럼 취소 좀……."

"대신 날 기만한 대가는 치러야겠지."

그냥 안 된다고 해, 새끼야!

좌절과 함께 진지하게 고민에 빠졌다.

포기란 없다.

무슨 짓을 해서라도 눈앞의 상황을 해결하고 축복의 반지를 15강 해서 돌아간다!

"아!"

그러다 방법이 하나 생각났다.

역시! 사람은 급해지면 뭐든 나오게 돼 있구나!

"내기하신 이유가 공주님을 치료하기 위해서죠?"

"그렇다."

"그럼 이렇게 하죠. 일단 나오시고 14강 성수를 드시는 겁니다. 그리고 치료가 안 되면 될 때까지 강화해서 드리겠습니다."

황제의 허가가 필요한 방법!

15강 할 수 없다면 14강짜리로 조진다!

비록 내기의 내용은 무효가 되겠지만 어차피 황제의 목적은 공주를 치료하는 것이고 한시민의 목적은 반지의 15강이지 않은가.

공주가 치료되면 저주가 풀리는 셈이니 별궁도 괜찮아질 테고 그때 한시민은 들어가서 원하는 강화를 하면 된다.

누이 좋고 매부 좋고.

뿌듯한 눈빛에 아쉽게도 황제는 고개를 저었다.

"공주는 나올 수 없다."

"왜요?"

"사람이 저곳에 들어가지 못하는 이유와 같다고 보면 된다."

씁쓸한 미소가 그의 입가에 걸린다.

그리고 그건 한시민에겐 사형선고와도 같은 말이었다.

'안 돼!'

이렇게 끝낼 순 없다.

지금 이 순간에도 냉철하게 상황을 해결할 방법이 떠오르긴 하지만 그러기엔 시간이 너무 오래 걸린다.

다른 명당까지 어느 세월에 갔다 오겠는가!

"이분은 누구신가요?"

그러던 차에 들려오는 목소리.

사람의 귀를 긁는 음성에 아차 했다.

잠시 강화 때문에 흥분해 잊었던 중요한 사실!

"내 사위가 될 자다."

"예?"

피식 웃으며 짚어주는 황제와 동그랗게 뜬 눈으로 한시민을 바라보는 공주!

아니, 잠깐!

"그리고 네 남편이 될 자고."

"아저씨! 그게 무슨 소립니까!"

경악하며 외쳤다.

하나, 황제의 입에서 나온 말은 아쉽게도 주워 담을 수 없었다.

딱히 상관은 없다.

저주에 걸려 흉측하든 말든.

한시민이 원하는 건 자유도가 하늘을 치솟고 우주 끝까지 가버려 게임 내에서도 100% 리얼한 성관계를 가질 수 있고, 그로 인해 임신도 할 수 있는 설정을 이용해 미연시를 즐기는 게 아니었으니까.

어차피 제국에 오래 있을 생각도 없고 그저 게임 내에서 이용할 수 있는 권력!

그거 하나면 됐다.

하나 그것과 이거는 별개의 문제지!

"그러다 제가 지면 어쩌시려고 그러세요?"

"어차피 지면 노예가 되어 황궁에 있어야 하는데 처우에 대한 결정은 내가 하는 거 아닌가?"

"……그러네요."

별개의 문제는 아닌가 보네.

뭐, 결과적으로 보면 좋은 일인 건 맞는데 찝찝한 건 그냥 느낌적인 느낌이려나.

그래도 NPC고 제국의 하나뿐인 공주라 해서 기대하지 않은 건 아닌데.

잠시 고민하다 떨쳤다.

그보다 더한 문제는 여전히 잔재하고 있었으니까.

"그럼 여기서 던져 줄 테니 마셔보는 게 어때요?"

"저, 자세한 내막은 모르지만 귀인께선 내부에 볼일이 있으신 건가요?"

생각나는 대로 해결책을 내뱉던 한시민에게 공주가 물었다.

목소리는 여전히 거슬리지만 공주답지 않게 예의 바르고 허를 찌르는 질문에 고개를 끄덕였다.

뭐야, 이 여자. 똑똑한데? 황제와 몇 마디 나누지도 않았는데 상황을 파악하다니.

“그렇다면 제 저주가 풀린다 해도 원하시는 걸 얻지는 못할 것 같습니다.”

“에? 왜요?”

“저와 별궁의 저주는 별개예요.”

“…….”

“저주에 걸렸다는 걸 알았을 때, 차라리 죽고자 하는 마음으로 밖으로 나갔고 심장이 멎었음에도 별궁의 저주는 여전했어요.”

“죽었는데 어떻게 살아 있어요?”

“멎은 숨이 별궁에 들어가니 돌아오더군.”

대답은 황제가 대신했다.

황당함에 입이 벌어졌다.

‘아니, 뭐야. 그럼 죽어 있는 거 아닌가?’

완전 총체적 난국이잖아.

확신할 수 있는 건 하나도 없고 해결한다 해도 해피엔딩일지 또한 모른다.

포기하고 싶다는 생각이 들 정도.

아니, 걸린 보상이 충분하지 않았다면 일찌감치 포기했을 것이다.

내기야 시간과 장소에 대한 제약은 없었으니.

“후, 잠깐 생각 좀 할게요.”

포기할 수 없다면 즐겨라!

까지는 아니었지만 잠시 시간을 갖기로 했다.

그래도 게임인데 뭔가 답이 있겠지. 아니면 지금 그의 레벨로는 해결할 수 없는 문제이거나.

후자의 경우는 문제가 심각하다.

진짜 현실 같지만 동시에 게임이기에.

"지금 당장 해결해야 하는 문제는 아니죠?"

"세 달을 지옥 속에서 기다렸는데 조금 더 기다린다고 달라질 건 없지."

"……왜 쪼는 거 같은 느낌이죠?"

"제대로 느꼈다."

"그래도 안 돼요. 기다려 봐요."

깨질 듯한 머리에 황제고 뭐고 입에서 나오는 대로 내뱉었다.

그리고 걸음을 옮겼다.

"어디 가나?"

"원래 창의적인 아이디어는 머리의 안정과 휴식, 따뜻한 등과 포만감에서 나오는 법! 밥 좀 주세요."

에라, 모르겠다. 일단 드러눕고 보자.

산 정상을 두고 짙은 안개 때문에 텐트를 치는 심정이 이런 걸까.

"아, 그리고 창고 좀 열어줘요. 혹시 도움이 될 만한 게 있나 좀 보게."

답답한 마음을 눈요기나 하며 달래보기로 했다.

2

강화사들은 한시민이 강화하는 몇 시간 동안 계속 경연장에서 대기했다.

황제의 관심은 이미 그들에게서 떠나갔지만 누가 감히 경연이 진행되는 도중 할 일이 없다고 자리를 뜨겠는가!

그렇게 기다리던 사람들의 시선에 터벅터벅 걸어오는 한시민이 눈에 들어왔다.

"으, 배불러."

한참을 처먹고 창고에 들어가는 건 내일로 미룬 채 푹신한 침대에서 쉬기 위해 가던 길!

당연히 황제는 처소로 돌아갔고 혼자였다.

오해가 생길 수밖에.

"역시 실패했군."

"사기꾼이니, 뭐. 예견되어 있던 일이지."

"푸하하하! 이봐, 칸. 뭐라 했더라? 긴장하는 게 좋을 거라고? 어쩌나 그래. 사기꾼이 폐하의 눈을 속이지 못하고 저렇게 비참하게 돌아오는데?"

그런 오해들은 고스란히 한시민의 귓가에 흘러 들어갔다.

평소였다면 콧방귀나 치며 가운뎃손가락을 추켜올리고 지

나갔겠지만 지금은 잔뜩 예민한 상태!

"어이."

"……어이?"

자연스럽게 말이 삐딱하게 나갔다.

딱히 저들에게 감정이 있는 건 아니지만 저런 시건방들을 보고도 웃고 넘길 만큼 기분이 좋은 것도 아니었기에!

어떻게 작금의 상황을 잘 해결해야 꿩도 먹고 알도 먹고 그 꿩이 저축해 둔 비상 식량까지 다 먹을까 생각하느라 머리가 깨지겠는 상황.

'마침 잘 걸렸다.'

스트레스를 좀 풀면 길이 보이지 않을까?

물론 직접 나설 생각은 없었다.

"여기 감히 황제 폐하의 예비 사위가 될지도 모르는 시민님을 모욕하는 자들을 잡아라!"

"예."

손짓하자 달려오는 황실 기사단들.

황제를 수호해야 할 이들이지만 혹시 도망칠까 황제가 붙여놓은 감시자들!

한시민은 그들을 이용했다.

속사정은 감시지만 어찌 됐든 황제가 제 입으로 점찍은 사위라니까 말은 잘 듣겠지.

"뭐, 뭐? 사위?"

"이런 사기꾼이! 이젠 하다 하다……."

당황하는 강화사들의 말은 이어지지 못했다. 푸르도록 날이 잘 갈린 검들이 그들을 향했으니까.

딱히 내키지 않는지 서슬 퍼런 기운은 없었지만 그만으로도 강화사들을 쫄게 만들긴 충분했다. 여긴 제국의 황궁, 그 중심이니까.

'이거, 예상치 못한 갑질인데.'

천천히 다가가니 그제야 상황이 파악되는 표정들.

이런 걸 즐기는 변태는 아니지만 어깨가 절로 세워진다.

이래서 사람들이 그토록 권력을 원하는구나!

"왜, 더 지껄여 보시지. 사기꾼이 가까이 오니 사기당할까봐 다들 침묵하시나?"

"……."

검이 눈앞에 들이밀어지는데 자존심 세우며 할 말 하는 사람은 없었다.

동시에 사과하는 이 또한 없었다.

자존심!

강화사의 자존심은 그 정도는 됐다.

"흐음, 이 모욕을 어떻게 씻어야 할까."

한시민도 굳이 그렇게까지 사과받고 싶은 마음은 없었다.

원래 사과란 공짜로 때우기 위해 내뱉는 말!

본인이 그렇게 생각하는데 다른 사람의 사과를 진심으로

받아들일 리 없다.
그보다는 물질적인 게 좋다.
해서 그들을 훑었다.
분명 돈 될 만한 게 있을 것이다.
강화사니까!
한 번에 몇 골드씩 받아 처먹는 날도둑들!
'호오.'
그런 그들이 축제라고, 그리고 황제와 만난다고 비싼 물건들을 두르고 왔다. 아직 판타스틱 월드의 명품에 대한 정보는 없지만 대충 보아도 비싸게 팔릴 것들이 눈에 띈다.
"어?"
그러다 문득 가장 앞에서 한시민을 욕하던, 그리고 그에게 머리통을 걷어차인 강화사에게서 시선이 멈췄다.
표정이 밝아졌다.
"이야, 이걸 여기서 보네!"
왜 몰랐을까.
관심이 없었으니까!
한데 자세히 살피니 눈에 띄었다.
잊으려 해도 잊을 수 없는 그 물건!
"와, 500골드짜리를 끼고 계시네? 생각보다 부자신가 봐?"
"……."
본능적으로 위험을 느낀 강화사가 손을 뒤로 숨겼지만 이미 한시민 레이더에 포착된 상황. 빠져나갈 수 있을 리 없었다.
"당신, 내가 말했지? 내가 돌아오면 그쪽들이 증명해야 할 거라고."
"……."
사악하게 말려 올라간 입꼬리가 악마처럼 속삭였다.
"증명해 봐. 더도 말고 덜도 말고 딱 10강. 스트레이트로 가면 내가 사기꾼이라 인정하고 사과할게. 대신, 못하면……."
뒷말은 필요 없었다. 시선이 모든 걸 말해주고 있었으니.
강화사들이 침을 삼켰다.
'저 자식, 사기꾼이 아니라 도둑놈이었어. 악마 새끼.'
그들은 아주 중요한 사실을 이제야 깨달았다.
강화사들에겐 한 번에 10강까지 갈 만한 능력이 없다.
5강까지라면 운이 좋은 날 어쩌다 한 번 될지도 모르지만.
"그게 말이 되는 이야기…… 입니까!"
반발은 자연스러운 현상!
반말까지 튀어나올 뻔했지만 언제든 찌를 준비가 되어 있는 날카로운 검들은 그들로 하여금 분노를 조절하게 만들었다.
"왜 안 돼?"
하나 거기에 기름을 들이붓는 한시민!
아주 당연하다는 듯 하는 말 속엔 비웃음이 듬뿍 담겨 있었다.
마치 '난 하는데?'라는 느낌이랄까.

"굳이 보여줄 필요는 없겠지? 이미 14강까지 단 한 번의 실패도 않고 성공한 걸 여기 기사들이 봤으니까."

"……."

거기에 덧붙이는 자랑!

모두의 시선이 한시민이 가리키는 기사들에게 향했다.

의문과 의심!

기사들은 고개를 끄덕였다.

마음에 드는 모험가는 아니지만 황제 폐하의 명이 있었고 확실히 그 부분만큼은 그들도 신기하게 생각하고 있었으니까.

"자, 시작해. 그 오라 제어 장치 뺏기고 싶지 않으면."

"……."

의기양양한 목소리에 강화사들이 눈치를 보며 망치를 쥐었다.

하기 싫다.

저런 새파랗게 어린놈 앞에서 시험당하는 기분이 가장 싫고, 또 잠시 뒤 그들의 드높은 자존심이 깨질 게 두렵다.

맞는 말이니까.

한시민의 말대로 강화사란 그저 정해진 확률을 두드리는 사람일 뿐이다. 대륙에 100명도 안 된다는 희귀성을 앞세워 돈을 벌고 떵떵거리며 살 뿐, 사실 이렇게 심판대에 세워지는 날엔 한없이 무력하다는 사실을 자기 자신들이 누구보다 잘 알고 있다.

"쯧쯧."

호되게 당하는 모습을 보며 칸이 씁쓸하게 혀를 찼다.

그 역시 한시민을 처음 만났을 때 느꼈던 감정이다.

다행히 이겨냈고 인정했지만, 저들도 그럴 수 있을까?

생판 남인데.

게다가 그들이 평생 가질 수 없는 재능을 가졌는데.

아마 불가능할 것이다.

마음속에 쌓인 시기와 질투 또한 풀지 못할 것이다.

한시민은 모험가고 이쪽 세상의 사람들에게 얽매이지 않으며 동시에 이제는 황제라는 거대한 용을 등에 달고 날아오르는 중이니까.

해서 더 씁쓸했다.

고착화되어 가던 강화사들의 자존심은 깨지기만 할 뿐 발전이 없을 테니까.

아쉬운 마음과 함께 망치를 두드렸다.

이미 여기저기선 성공과 실패로 빛이 번쩍이고 있다.

아주 정상적인 광경.

틱-

"……."

그리고 그의 망치에서 느껴지는 실패의 삐걱거림.

1강 실패.

"크흠."

슬쩍 주위를 둘러본 뒤 한 걸음 물러섰다.

3

"룰루!"

왕국보다 더 호화로운 귀빈의 방에서 뒹구는 한시민의 입꼬리는 내려갈 줄을 몰랐다.

아직 중요한 문제에 대한 해결책을 찾지 못했음에도!

공은 공이요, 사는 사니까.

"와, 진짜 인생 스펙터클하다. 여기서 이걸 구할 줄이야."

왼손 약지 옆에 끼워진 반지.

축복의 반지보단 화려하고 그럴듯해 보이지만 역시 그리 눈에 띄지 않는 디자인!

하나 500골드짜리다.

오라 제어 장치!

원하는 때에 온오프까지 할 수 있는 아주 훌륭한 아이템.

그리고 이것저것!

삥을 뜯기다시피 한 강화사들은 지금쯤 화장실에서 울먹이고 있겠지만 덕분에 한시민의 몸에선 오라라곤 찾아볼 수 없었다.

"거지 같긴 하다."

이걸 과연 쓸 날이 올까.

의문이 없는 건 아니지만 없는 것보다야 낫겠지. 미리 생각해 둔 쓰임새도 있고.

"후후후."

정 귀찮고 불편한 날이 온다면 팔면 그만이다.

"이건 강화하면 효과가 어떻게 되려나?"

[오라 제어 장치]

* 등급: Rare

* 옵션 1: 사용자의 오라를 제어해 밖으로 유출되지 않게 함

* 옵션 2: 마력을 투입해 ON/OFF 가능

딱히 강화로 인해 기대되는 성장치는 없어 보인다.

해서 미련을 버렸다.

'이건 강화하지 말아야지.'

초능력 덕에 실패 없이 최소한의 강화석만으로 강화를 최대치까지 끌어올리곤 있지만 사실 따지고 보면 그것 또한 돈이다.

하나에 1골드!

15강이면 15골드.

물론 15강이 되었을 때의 가치를 환산해 보면 15골드 따위는 전혀 아깝지 않지만, 그거야 다른 사람의 기준으로 봤을 때 이야기다. 한시민에겐 15골드마저도 최대한 아끼고 싶은 마

음이 차고 넘친다.

'15골드면 150만 원인데. 뉘 집 개 이름도 아니고 이거 강화해서 팔아봤자 본전이나 치려나.'

냉철하게 판단하고 강화하자!

다크 게이머로서 캐릭터의 성장보단 아이템의 감가상각까지 고려해야 한다!

그런 의미에서 오라 제어 장치의 강화는 전혀 필요가 없다.

터지지나 않으면 다행이지.

"응?"

뿌듯해하며 냉철한 판단에 대한 결과를 정리하려던 찰나.

"터진다?"

제 머리로 생각해 낸 무의식적인 과정을 다시 더듬었다.

"터져?"

강화에선 아주 당연하고 동시에 재앙과도 같은 일.

하나 한시민에겐 한없이 낯선 단어!

그래서 잠시 머릿속에서 지워졌던 그것!

그게 그의 머릿속을 잠식해 버렸다.

왜?

'터지면 사라지지.'

복구?

그런 건 없다.

"저주도 강화할 수 있을까?"

복잡한 머릿속은 그 생소한 단어를 현재 가장 골치 아픈 문제에 접촉시켜 생각하게 만들었다.

발상의 전환!

밥 먹고 돈 벌 때 외엔 제 역할을 하지 않는 뇌임을 생각해 보면 놀라울 정도의 연관.

"와, 시바. 소름 돋네."

그리고 전율!

내가 이런 생각을 해내다니. 미쳤다, 미쳤어.

동시에 보다 깊숙한 부분까지 생각하기 시작했다.

단순한 잡념으로 시작된 가정이지만 가능성이 보이고 희망의 끈을 잡은 이상 끝까지 물고 늘어진다!

"공주를 강화하다 터지면 공주도 죽을 테고. 아니지, 애초에 사람이 강화될 리 없잖아."

신체가 강화되지 않는다는 건 2차 각성 이후 혹시 하는 마음에 제 팔을 두드려 본 뒤 확실하게 깨달았다.

두 번, 세 번.

이러다 팔이 부러지는 건 아닐까 싶을 정도까지, 아니, 실제로 현실이었으면 부러졌을 정도까지 두드렸지만 별 반응이 없었으니 그 부분은 확신할 수 있다.

그렇다면 어떻게?

그다음 든 생각은 별궁이었다.

'될까?'

가능성으로 따지면 살아 있는 사람보다야 높긴 하다. 하나 상식상 그렇게 거대한 별궁이 강화될까에 대한 의문은 오히려 가능성을 낮게 잡는다.

'돼야 해.'

밀려오는 부정적인 생각들에 고개를 저었다.

지금 그런 생각을 할 때가 아니지.

안 되는 것도 되게 만들어야 할 판에 아직 모르는 일에 안 된다고 생각부터 하다니!

반성하며 자리에서 일어났다.

강화에 대한 부분은 내일 고민하기로 했지만 도저히 기다릴 수가 없었다.

'저주의 성역이라고 했어. 어쩌면 별궁에 걸린 저주가 마법진 같은 개념이면…….'

걸어가면서도 생각은 끊이지 않았다.

고3 때 이렇게 공부했다면 명문대 중 하나 정도는 골라 갈 수 있었을 정도의 맹렬한 두뇌 회전!

랜덤 박스를 보고 느꼈던 그 짜릿함!

내 창의력이 완전 바닥은 아니구나!

감탄하며 드넓은 황궁을 가로질러 깊숙한 곳에 위치한 별궁에 도착했을 때.

"아!"

지금 하려는 실험의 가장 중요한 문제점을 깨달았다.

"젠장."

실패하기 위한 강화고 파괴시키기 위한 강화다.

움직일 수 없는 별궁이 강화될까에 대한 실험은 둘째 치고 된다 해도 그다음이 문제!

"혼자선 안 되겠네."

파괴되기 위해선 기본 8강이어야 하고 적어도 12강은 되어야 실패하면서 터질 수 있다.

한데 그냥 강화로 12강 성공할 확률은 바닥에 가까우니 최소 10%, 최대 30%에 기대야 한다.

"……."

그 말은 곧 상상할 수 없는 양의 강화석을 퍼부어야 한다는 말.

그걸 온전히 한시민이 감당한다?

'말도 안 되는 소리!'

그의 발걸음이 틀어졌다.

한시민은 비용 처리는 확실한 남자다.

자다가 불려 나온 황제의 표정은 썩 좋지 않았다.

당연한 말!

누가 감히 단잠을 자고 있는 황제를 깨운단 말인가.

선대 황제도 그런 적이 없고 아끼는 애첩 또한 단 한 번도 상상하지 못했던 일!

"뭐라? 방법이 있다?"

"네, 그러니까 깨웠죠. 빨리 좀 와보세요."

하나 이유를 들은 황제의 표정은 언제 그랬냐는 듯 밝아졌다.

확신을 갖고 말하는 한시민의 말에 희망을 얻는 것!

이제는 그가 황제인지 동네 아저씨인지 알 수 없는 편안한 말투 따위는 신경조차 쓰지 않았다.

"……별궁을 강화한다?"

"정확히 말하면 저주 마법진이죠. 저주의 성역이라고 별궁에 깔려 있는 게 있어요."

"그걸 어떻게 알지?"

"모험가잖아요."

"……."

간단하게 설명한 뒤 자세한 이유는 치트키로 묻지 못하게 막아버리는 한시민!

그런 그가 손을 내밀었다.

"……?"

"제가 왜 굳이 혼자 강화해서 내일 아침에 짜잔! 하고 보여드릴 수 있는 걸 폐하를 깨워가면서까지 왔겠어요?"

"필요한 게 있나?"

"강화석이 필요해요."

"그걸 꼭 직접 나에게 말해야 했나?"

"재가가 필요하다고 해서요."

당당한 요구!

그리고 돌아가는 시선.

대륙의 지배자의 차가운 눈빛이 주변을 훑는다.

어떤 새끼가 이 미친놈한테 그런 말 했어!

뜨끔한 황실 내시가 서둘러 변명했다.

"저, 적어도 수천 개는 필요하다 하여……."

"내주어라."

"예, 예, 폐하."

다리를 후들거리는 내시가 서둘러 물러갔다.

재가가 필요한 건 맞지만 설마 이 밤중에 자고 있는 황제를 깨우리란 생각은 전혀 하지 못했겠지.

황제 또한 고작 이런 일로 깨울 거란 생각 자체를 못 했으니까.

허탈한 웃음만 나온다.

처음엔 흥미였지만 이젠 궁금하다.

모험가의 간댕이는 어디까지 부어 있을까.

아니, 어쩌면 다른 세상에 두고 온 건 아닐까.

더 웃긴 사실은 그런 건방을 보고도 묵인하는 자신이다.

모든 모험가가 이럴 리 없다.

다시 한번 한시민의 사선을 넘나드는 처세술에 감탄하는

사이 수많은 궁인이 강화석들을 들고 나타났다.

"후."

어림잡아 천 개는 넘어 보이는 양.

진지한 표정으로 침을 삼키는 척하며 마음을 다스린다.

'시민아, 잘하자.'

원래 횡령하기 가장 좋은 때가 이럴 때 아닌가!

개수조차 파악되지 않는 대량의 물량이 이동할 때!

수많은 시선이 집중되고 있지만 저들에게 중요한 건 강화석 몇 개가 사라지는가가 아니다.

"자, 그럼 다들 물러가세요."

"……?"

계획을 위해 모든 사람을 물렸다.

황제까지!

"푹 주무시고 오셔도 될까 말까입니다. 이번엔 성공이 아니라 파괴를 위한 강화니까요. 언제 될지 아무도 예측할 수 없습니다. 운이 좋으면 아홉 번 만에 될 수도 있지만 최악의 상황엔 저 강화석을 모두 다 써도 안 될 수도 있으니까요. 그리고 사전 작업을 할 것도 있고. 어쩌면 며칠이 걸릴지도 몰라요."

그럴듯한 이유가 뒷받침된 논리에 별궁의 주변엔 그를 감시하는 기사 둘을 제외하곤 아무도 남지 않게 되었다.

그리고 열리는 문.

"다 들었죠?"

"예."

공주가 다소곳이 서 있었다.

"될지 안 될지는 사실 몰라요. 아직 시도를 안 해봐서."

"노력해 주시는 것만 해도 감사드립니다."

"다 먹고살려고 하는 건데요."

볼 때마다 느끼는 거지만 공주답지 않단 말이야. 공손하고. 황제를 보면 안하무인에 저주로 인한 히스테리가 생겨도 이상하지 않을 텐데.

해서 한시민의 말투도 절로 공손해졌다.

"혹시 된다고 쳐도 위험해요. 들어보니 저주의 성역이 없으면 죽으시는 거 같은데."

"……예."

"그래서 사전 작업이 좀 필요할 거 같아요."

"……?"

"우선 강화되는지부터 확인하고 성수 14강짜리를 대량으로 만든 뒤 강화할 거예요."

"아!"

엄청난 귀찮음을 감수해야 하는 작업이다.

그럼에도 싫은 기색을 내지 않으며 망치를 쥐고 다가갔다.

"후우."

돼라.

간절한 기도.

믿는 건 2차 각성 후 등장한 한 줄의 홀로그램뿐이다.

강화 대상 확대!

'제발…….'

기도하며 망치를 내려쳤다.

4

스페셜리스트에 휴식 시간이 찾아왔다.

매일 주어지는 수면 시간 외에 1주일에 한 번, 반나절씩 갖는 개인 정비 시간!

펑펑 놀기 위한 시간이라기보다 소모품을 충전하고 바꾸고 싶은 장비가 있다면 바꾸는 느낌이지만 오늘은 조금 달랐다.

"예슬아, 시민 씨 주소 물어봤어?"

"바쁘잖아! 나중에 물어보지 뭐."

"거 빨리 영상 찍고 갖고 와봐. 궁금해 죽겠네."

"아니! 언제까지 찍으란 말은 없었잖아! 둘이서 왜 그래?"

"쌤통이니까. 우리 설아 골탕 먹이려다가 잘됐네."

"오빠, 너무 놀리지 마. 우리 귀여운 예슬이, 안 그래도 벗고 무슨 춤출지 고민하느라 머리 아플 텐데."

"으아악! 싫어!"

내기가 끝난 후 때마침 얻어걸린 휴식이라 장난에서 그치지 않고 이어졌다.

그냥 웃고 넘길 법도 하건만 그러지 않는다.

팍팍한 삶의 한 줄기 소소한 재미랄까!

틀에 박힌 삶을 살아왔고 이제는 원하는 걸 위해 하루 종일 노가다 하는 와중에 웃을 일이 생겼는데 왜 그걸 그냥 웃고만 넘긴단 말인가!

평생 영상으로 박제해 두고두고 우려먹고 놀리면 그 맛이 쏠쏠할 터!

"어차피 바빠서 내 연락받지도 않는단 말이야! 나중에 시간 되면 꼭 할게."

"아니지, 어딜 내빼려고. 내가 연락해 줄게."

"오빠! 제발! 내가 잘못했어. 응?"

"잘못은 무슨. 재미로 한 내기인데. 난 안 봐도 되니까 내기는 꼭 지켜."

"아오, 씨!"

도저히 빠져나갈 구멍이 없는 상황!

정설아만이면 모를까 정현수까지 나서 닦달하는 상황이라면 천하의 강예슬이라도 능글맞게 넘길 순 없다.

"후."

내가 왜 그런 내기를 했을까.

후회가 몰려왔지만 어쩌겠는가.

누가 봐도 실패 쪽 확률이 더 높았는데!

앞으로 내기할 땐 성공에 걸어야지.

뒤늦은 자아성찰과 함께 고개를 들었다.

작은 얼굴에 담긴 귀여운 이목구비들이 다부지게 모아졌다.

"언니!"

그리고 내뱉는 거래의 첫마디.

"묻고 한 판 더 해!"

피식.

정설아의 입장에선 웃음이 나오는 말도 안 되는 소리!

"하고 와서 말해."

어디 약을 팔려고!

단호한 거절에도 강예슬은 포기하지 않았다.

"아니, 언니. 잘 들어봐."

아니시에이팅!

또 한 번 거절할 수 있지만 달라붙어 애교 부리는 모습에 피식 웃으며 들어나 보기로 했다.

"지금 시민 오빠가 어디 있는지는 몰라도 한창 바쁠 거란 말이야. 그 오빠도 우리만큼 폐인이니까 현실 로그인도 잘 안 하고. 그런 상황에서 우리끼리의 내기로 주소 물어보고 찾아가서 뭐 한다 좀 나와봐라 하는 것도 예의가 아니잖아. 그치?"

청산유수로 내뱉는 그럴듯한 이야기!

정설아가 고개를 끄덕였다.

맞는 말이긴 하다.

확실히 내기도 당사자의 허락을 구하지 않고 했고 벌칙 또

한 상대방의 입장을 고려하지 않았다.

강예슬 정도의 미녀가 그런 벌칙을 수행한다 하면 고개를 끄덕이며 환영하겠지만 혹시 모를 상황이 있을지도 모르니까!

하나 납득만 할 뿐.

“예슬이 네가 예의를 논하다니. 웃기네.”

정현수가 아픈 부분을 꼬집었다.

초롱초롱하던 눈망울이 길게 찢어지며 그를 향했지만 정설아를 제외한 사람들에겐 정예그룹 후견인의 카리스마를 마음껏 뽐내는 그에겐 통하지 않았다.

“제발. 한 번 더 하자. 응?”

해서 빌 수밖에 없었다.

벌칙 수행은 그리 어려운 일은 아니다.

초면에 한시민에게 한 번 자자고 들이대는 성격에 그 정도쯤이야!

하나 억울했다.

“이번에 내가 이기면 언니도 같이 벌칙하고 지면 언니가 하라는 거 하나 더 할게.”

“…….”

어떻게든 정설아의 곤란한 표정을 보고 싶다!

“좋아.”

“좋긴 뭐가 좋아!”

진지한 강예슬의 표정에 잠시 고민하던 정설아가 도전을

받아들였고 동시에 희희낙락하던 정현수의 표정이 다시 굳었다.

하지만 여자들의 진검승부를 막을 순 없었다.

그는 동생 바보니까!

"내기는 뭘로 할까?"

"15강!"

"난 이번에도 성공에 걸 건데?"

"나도 성공에 걸 거야!"

판이 벌어졌고 두 도박사는 서로를 노려보며 한 치의 양보도 없는 기싸움을 벌였다. 제삼자가 보면 0.01%도 안 되는 확률에 역 배팅을 걸겠다고 서로 난리 치는 모습이 어이가 없겠지만 둘에겐 확률을 무시한 확실한 동아줄!

당연히 양자택일의 도박에서 둘 다 한쪽만 택한다면 내기가 이뤄질 리 없다.

그렇게 성으로 돌아가며 서로 양보하라 설전 벌이는 사이.

['시민' 님께서 '+14 최상급 성수' 강화에 성공했습니다!]

"응?"

둘에게 공평한 내기의 주제가 주어졌다.

['시민' 님께서 '+14 최상급 성수' 강화에 성공했습니다!]

['시민' 님께서 '+14 최상급 성수' 강화에 성공했습니다!]

['시민' 님께서 '+14 최상급 성수' 강화에 성공했습니다!]

지속적으로 뜨는 홀로그램!

"저걸로 하자."

"어떤 거?"

"최상급 성수와 축복의 반지, 어떤 걸 먼저 15강 할지."

정설아가 비장의 미소를 지으며 제안했다.

거부할 수 없는 유혹!

별생각 없던 강예슬이 혹했다.

"오오! 좋다. 저렇게 많이 강화하는 거 보면 저것도 15강 하려고 준비 중인 거 같은데."

"아마 제물로 쓰려는 거 아닐까?"

"맞다! 와, 그럼 진짜 반지 15강짜리 살 수 있는 거야?"

"그랬으면 좋겠네."

예상하는 게 맞으면 내기와는 별개로 축배를 들어야 할 소식이다.

그렇기에 기분 좋게 배팅할 수 있었다.

"언니 먼저 골라!"

"진짜?"

"응, 진짜! 가 아니라 내가 먼저 고를래."

"그래."

물론, 흥은 오래가지 않았다. 이내 그녀에게 걸려 있는 게 무엇인지 이미 내준 심장 외에 신장까지 걸고 있다는 사실을 깨달았기 때문!

영 새대가리는 아닌 강예슬이 다시 눈치를 보기 시작했다.

그러곤 슬쩍 물었다.

“언니 먼저 고를래?”

속내가 뻔히 보이는 수작!

정설아가 웃으며 고개를 끄덕였다.

“그럼 난 성수에 걸게.”

“그래? 그럼 내가 성수!”

동시에 걸렸다는 듯 해맑은 미소와 함께 우기는 강예슬!

그녀의 눈빛엔 어떻게든 정설아를 벌칙의 구렁텅이에 빠뜨리겠다는 의지가 가득했다.

“뭐야, 그러기야?”

“헤헤. 언니가 반지 해.”

“알았어. 한 번 봐준다.”

하나, 그런 강예슬을 보는 정설아의 눈매는 반달처럼 웃고 있었다.

가소롭다는 눈빛!

정설아는 미끼를 던졌고 강예슬은 물어버렸다.

확신할 수 없는 상황이지만 정설아는 확신했다.

‘시민 씨라면, 둘 중 하나를 골라야 한다면 반지를 먼저 강

화할 거야.'

그녀에게 신기가 있거나 미래를 예언하는 능력 따위가 있어서가 아니다.

적어도 그녀가 본 한시민은 그러리라 판단 가능했다.

또 한 번 내기의 불길이 불타올랐다.

5

두 여자가 애타게 기다리는 홀로그램은 나오지 않았다.

하지만 한시민은 웃었다.

[강화에 성공했습니다.]

"우와! 됐다!"

간절한 마음과 함께 두드린 망치.

그리고 등장하는 홀로그램.

"미쳤다, 미쳤어. 시민아. 이 어려운 걸 네가 해내는구나."

이어지는 자화자찬.

그 누가 보이지도 않는 무형의 저주를 강화하려 들겠는가!

물론 마법진의 형태라는 가정을 세우고 도전했기에 가능한 일이었지만 실마리를 잡았으니 남은 건 푸는 일뿐이다.

"된 건가요?"

"네, 이제 공주님은 저주에서 해방될 일만 남은 거예요."

해서 인상을 찌푸리게 만드는 쇳소리에도 환한 웃음을 지어줄 수 있었다.

저주가 풀려도 후유증이 남을지 모르지만 뭐가 중요한가!

그녀가 공주라는 사실과 축복의 반지를 15강 하는 김에 그녀의 남편, 황제의 사위라는 직책을 부수입으로 얻을 수 있다는 게 중요하지!

저주를 해결할 방법이 없었을 때면 몰라도 이제부터는 그녀에게 잘해줄 필요가 있었다.

"아까 말씀드린 대로 저주의 성역이 깨지는 순간 준비된 성수를 마시세요. 계속. 쭉."

"네, 알겠어요."

신신당부하며 성수들이 잘 있나 다시 한번 확인했다.

네 시간이 넘게 빨빨거리며 돌아다녀 만든 열네 개의 14강 최상급 성수.

마음 같아선 더 만들고 싶었지만 만드는 동안 명당을 모두 소모해 더 할 수가 없었다.

'저 정도면 되겠지.'

충분한 숫자긴 하다.

애초에 13강도 수천 개 강화하다 한 개 나올까 말까인데 14강 열네 개라니.

그럼에도 마음이 편치 않다.

"꼭 마셔야 해요. 알겠죠?"

"네."

뭐든 하나라도 나사가 빠지는 순간 한시민이 생각한 완벽한 계획이 틀어지기에.

별궁에 걸린 저주의 성역을 파괴할 편법을 찾아냈고 증명했으니 남은 것은 강화를 통한 파괴, 그리고 이어지는 성수 들이켜기로 그녀의 저주를 풀고 깨끗해진 별궁에 당당히 입성해 반지와 하나 빼돌려 둔 14강 최상급 성수를 강화하는 것!

그렇게만 된다면 황제의 신임도 얻고 사위도 되고 반지도 15강 하고 내기에서도 이기고.

일타사피를 얻어가는 초대박 잭팟인 셈!

'오피스텔 월세 바로 빼야 하는 거 아냐?'

아직 캡슐 옮기는 문제 때문에 입주 준비만 다 해놓고 몸은 옮기지 않은 상황에서 들이켜는 김칫국!

머릿속에 서울 알짜배기 동네에 집 한 채 보유한 당당한 그의 모습이 그려졌다.

그게 아파트 한 채일지언정 어떤가.

20대 중반에 자수성가로 그런 성공을 하는 자가 얼마나 있다고!

"누가 이기나 해보자."

김칫국을 마신 사람 대부분이 행하는 실수는 마시기만 한다는 것이다.

마시고 소화시키기 위해선 운동을 해야 한다!

그걸 위해 집중했다.

이제부턴 시간과의 싸움이다.

아이템을 터지지 않게 만들어주는 능력을 봉인한 채 실패하고 터지길 바라야 하는 상황!

하나 이것 또한 소수의 확률이다.

'제발. 빨리 터져라.'

기도하며 믿었다.

그래도 그는 어떻게든 운이 좋은 편이니까.

초반에 조금 실패할지언정 언젠가 갑자기 운이 좋아 터져주리라!

'200개 내로 끝내고 100개 정도는 챙기자.'

견적은 나왔다.

확률만 따라주면 된다.

하지만 언제나 그렇듯 신은 그에게 무심했다.

"아직도 하고 있나?"

"……말 걸지 마세요. 빡 치면 이거 15강 해버려서 공주님이고 뭐고 저주의 마녀로 만들어버리려니까."

"크, 재미있군. 벌써 300개를 넘게 썼는데 아직도 안 터지다니. 전설의 강화사라 그런가?"

"그럴 리가요."

시바.

차라리 그런 숨겨진 패시브라도 있었으면 좋겠다.

지금이야 개고생해도 이런 능력이 있다는 걸 안 자체만으로 앞으로 쓸데가 많을 테니까.

한데 그게 아니라는 게 현시점에서 가장 큰 문제다.

터질 듯 말듯 안 터진다.

"아오! 시바!"

황제 앞이고 뭐고 다 때려치우고 싶은 마음이 절절하다.

밤을 새우고 다시 밤이 왔는데도 아직까지 망치만 두드리고 있다.

빌어먹을!

욕이 안 나올 수가 없다.

말이 강화석 300개지 골드로 환산하면 300골드, 현금으론 3천만 원이 넘는다. 그의 돈이 아니라 할지언정 그 정도 했으면 터지든 15강을 가든 하나는 됐어야 하는 거 아닌가!

"후, 베타고 이 개새……."

이런 음모론까지 머릿속을 지배하는 단계가 왔다.

하루 종일 성공, 실패, 하락 메시지만 보다 보면 어쩔 수 없다.

[강화를 실패했습니다.]

[단계가 하락합니다.]

[강화에 성공했습니다.]

[강화에 성공했습니다.]

…….

무덤덤하다.

제발 다른 홀로그램이 좀 떴으면 좋겠다.

쉽게 생각했던 그때로 돌아갈 수만 있다면 그렇게 생각한 자신을 때리고 싶다.

차라리 오토 프로그램이라도 있었으면 어땠을까.

오만가지 생각이 교차한다.

언제쯤 이 고통이 끝날까.

그러던 찰나.

['시민' 님께서 '+12 저주의 성역' 강화에 성공했습니다!]

['시민' 님께서 '+13 저주의 성역' 강화에 성공했습니다!]

"어?"

기회가 왔다.

300개를 쓰며 단 한 번도 넘지 못했던 13강의 벽을 파괴보다 먼저 넘었다.

기쁘면서도 씁쓸한 감정.

동시에 입꼬리가 슬그머니 말려 올라갔다.

파괴 확률 70%!

'터져라, 새끼야. 마이 묵었다.'

때마침 황제도 침소로 돌아갔다.

파괴하는 순간 강화석 뷔페가 열리는 셈!

'제발. 터지면 공주한테 뽀뽀라도 할 수 있을 것 같다.'

그만큼 간절했다.

그 간절한 마음으로 망치를 내려쳤다.

설마 파괴 확률이 70%인데 5.01%의 확률을 뚫고 성공하거나 실패한 주제에 29.9%의 확률로 하락하진 않겠지.

탕! 탕! 탕!

유난히 길게만 느껴지는 망치질.

그리고.

팅-

"……!"

미끄러짐을 느낀 순간 한시민의 표정이 환해졌다.

[강화를 실패했습니다.]

['+13 저주의 성역'이 파괴됩니다.]

[칭호 '최초의 파괴!'를 획득했습니다.]

[최초의 파괴!]

* 등급: Rare

* 내용: 오랜 도전 끝, 좌절을 맛본 그대! 인내의 여신이 함께하리!

* 혜택: 체력+5

"예스!"

됐다!

감동이 물밀듯 밀려왔다.

'역시 신은 존재했어.'

비록 잠도 못 자고 20시간 넘게 망치만 두드리다 망치질 소리 히스테리가 생길 판이었지만 그래도 간절한 기도를 들어준 게 어디인가!

"와, 이게 터지는구나."

한눈에 봐도 음침한 기운이 삼엄하던 별궁 내부가 깔끔해지는 모습을 보며 뿌듯함이 느껴진다.

역시 강화란 신비로운 거였어.

비록 아직 강화되지 않는 수많은 것이 있을 테지만 각성을 할수록 범위가 확대된다는 사실을 직접 두 눈으로 확인하고 나니 희망이 생긴다.

열정도 샘솟는다.

더 연구하고 싶다. 누구도 예상치 못한 것들을 강화하고 싶다.

창의적인 발상과 강화가 더해진 아이템들은 얼마를 받을 수 있을까!

기대가 된다.

동시에 지금 당장에 충실하기 위해 움직였다.

'100개만 챙기자.'

처음 의도는 이게 아니었지만 어쨌든 반복되는 망치질 가운데 몇 번 강화했는지조차 세지 않는 수준에 도달했었다.

당연히 남아 있는 강화석의 개수는 모른다. 그건 궁인들도 마찬가지.

들키지만 않으면 공돈이 생긴다.

곧바로 아공간을 연 채 많이 비어버린 강화석 주머니를 털어 넣기 시작했다.

주위를 꼼꼼히 살피는 것도 잊지 않았다.

언제든 하던 행동을 멈추고 뻔뻔하게 대처할 수 있게!

어차피 보는 이라곤 목석처럼 전방만 바라보고 있는 황실 기사 둘뿐이지만.

'엥? 둘?'

그러다 문득 허전함을 느꼈다.

둘이라니?

아닌 거 같은데.

묘하게 거슬리는 무언가가 한시민을 자극한다.

여전히 강화석을 챙기는 손은 끊임없지만 뭐랄까, 둘이 아닌 것만 같은 느낌적인 느낌?

'나까지 셋이 아니었던 거 같기도 하고…….'

동시에 잊고 있던 게 뭔지 떠올랐다.

어려운 일도 아니었다.

왜 이런 생고생을 하게 되었는지 상기해 보면 쉽게 나올 해답이었으니까.

'공주!'

강화석에 눈이 멀어 그녀를 잊었구나, 내가.

'잘 마시고 있겠지?'

반성할 틈도 없이 고개를 돌렸다.

현재 그녀는 저주의 성역이 없어졌으니 곧바로 성수를 마시고 있어야 한다.

그건 한 치의 오차도 있어선 안 될 중요한 타이밍 승부!

"으악!"

하나 고개를 돌린 한시민의 눈에 들어온 건 뚜껑이 열린 최상급 성수가 바닥에 흘러내리는 모습과 그 옆에 쓰러져 있는 공주였다.

"안 돼!"

미친!

아직 목표량의 강화석을 챙기지 못했지만 손에 쥔 강화석을 바닥에 내던지며 뛰었다.

지금 그게 중요한 게 아니니까!

"이런, 젠장. 왜 줘도 먹질 못해! 이 양반아!"

이게 무슨 김첨지 아내 같은 상황이란 말인가!

뚜껑 열고 마시지도 못할 만큼 빠르게 쓰러졌다고?

어떤 빌어먹을 새끼가 건 저주인지 몰라도 원망스러웠다.

공주는 둘째 치고 저주를 풀기 위해 노력하는 용사를 개고생시키기 위한 저주가 분명하다.

'개새…… 걸리면 뒤질 줄 알아라.'

이름도 나이도 얼굴도 성별도 종족도 모를 누군가에게 이를 갈며 공주를 무릎에 눕혔다.

언젠가 메인 퀘스트가 유저들에 의해 진행되다 보면 보는 날이 오겠지.

"후."

당장은 쓰러진 공주를 살리는 게 중요하다.

'이미 죽은 건 아니겠지?'

숨도 쉬지 않고 곧바로 쓰러진 걸로 보아 그럴 가능성도 없잖아 있었지만…….

"아냐!"

그러면 안 돼!

그랬다간 황제가 당장 한시민부터 잡아 처넣어 어떻게든 캐릭터 삭제를 유도할 것이다.

생각만 해도 끔찍하다.

인생역전의 문턱에서 좌절이라니.

14강이나 한 축복의 반지는 그 가치를 인정받지도 못한 채 제국의 감옥 어딘가에서 썩어 문드러지겠지. 그리고 다크 게이머로서 제2의 인생을 살겠다는 그의 꿈도 함께일 테고.

고개가 절로 저어졌다.

그런 끔찍한 미래라니!

눈에 뵈는 게 사라진다.

"후아, 후아."

해서 눈동자에 독기가 서렸다.

이미 반 넘게 흘러내린 최상급 성수 따윈 쿨하게 내치며 다른 거를 집어 뚜껑을 땄다.

'살려야 한다.'

강렬한 각오.

그리고 아이 컨택.

"……시발."

진심이 담긴 욕이 절로 나왔지만 어쩌겠는가.

병이 그대로 한시민의 입에 들어간다.

한입 가득 머금은 성수를 그대로 공주의 입으로 가져갔다.

인상이 절로 찌푸려지는 악취.

"욱."

공주의 지난 몇 개월을 발가락이나마 담가 느껴볼 수 있는 소중한 시간!

조심스럽게 다물어진 입을 벌리고 그대로 성수를 흘린다.

거기서 끝나지 않고 성수가 식도를 타고 넘어갈 수 있도록 눌러주기까지 한 뒤 초조하게 지켜봤다.

제발 살아라.

기도하며 곧바로 다음 성수를 깠다.

과복용으로 부작용이 올 수도 있다는 생각 따윈 하지도 않았다.

어차피 이대로 뒀다간 죽을 게 분명한데 그깟 부작용!

토가 쏠려 위액 역류로 한시민이 죽을 것 같다는 점만 빼면 지금의 상황은 공주에게 백번 이로운 상황!

계속해서 성수가 그녀의 식도를 타고 흘러내렸다.

사태가 약화되는지 확인할 겨를도 없이 그냥 준비된 모든 성수를 다 투입했다.

그 와중에도 몇 개는 슬쩍해서 내다 팔까 갈등도 들었지만 공주가 죽고 난 뒤에 그래 봐야 무슨 소용이겠나 싶어 티끌만큼 남아 있는 양심을 꺼내 들었다.

"후."

작업을 마치고 나니 저주가 옮은 것 같은 느낌이 든다.

고개를 돌리고 상쾌한 공기를 한껏 들이켰에도 악취가 난다.

진심으로 그냥 한 번 죽고 이 악취를 떨쳐 내고 싶은 기분!

이토록 시련을 주는 공주를 원망스러운 눈빛으로 바라본다.
이쯤 했으면 일어날 때도 됐잖아.
한참을 노려봤다.
뭘 더 하고 싶어도 방법이 없다.
하나 남은 14강 성수가 있긴 하지만 그건 내기를 이기기 위한 마지막 수단!
딱히 그걸 먹인다 해서 기적처럼 공주가 일어나리란 보장도 없는데 대책 없이 성수를 내던질 생각은 없었다.
"쿨럭!"
"오오!"
다행히 공주도 양심은 있는지 생존 신고를 했고.
때마침 소식을 들은 황제가 도착했다.
"아바마마!"
"……저주가 풀렸구나."
눈물겨운 부녀 상봉!
어깨가 하늘을 뚫고 우주까지 치솟는 한시민!
저주가 풀린 공주의 목소리는 더 이상 괴기스럽지 않았다.
소설이나 영화에서처럼 한 번에 미녀가 튀어나오진 않았지만 온몸에 들러붙어 있던 종기와 고름은 제 수명을 다한 양 스러져 내렸고 총명한 눈빛은 알을 깨고 나온 것처럼 자신의 존재를 세상에 알렸다.
"크, 감동이네."

달려가 황제의 품에 안기는 모습은 누가 봐도 감동적인 모습.

실제로 주변의 궁인들은 몰래 눈물을 삼키고 있었다.

한시민 역시 마찬가지!

"크흡. 엄마, 나 이제 부자야."

다른 의미의 눈물이지만 진짜 왈칵했다.

이 개고생이 의미 있게 끝나는구나.

포기하고 새 시작을 해야 한다는 최악의 가정까지 한 마당에 평생 해보지도 않은 24시간 노가다까지 하며 이뤄냈다!

누가 감격하지 않겠는가.

재빨리 머릿속으로 뜯어내야 할 것들을 정리했다.

'반지 강화, 성수 강화 후 혼인 신고서 작성하고 창고 가서 아이템 3개 챙긴 다음에…….'

하나라도 빼먹지 않으리라.

결연한 눈빛을 한 한시민이 부녀의 감동적인 순간에 끼어들었다.

"저기요, 죄송한데 드라마는 나중에 찍으시고 남은 영화부터 마저 찍죠?"

"……."

"……."

원망스러운 눈빛이 그를 향했지만 꿈쩍도 않았다.

이미 황제에게 막말까지 던진 마당에.

태연한 발걸음이 이제는 깔끔해진 별궁 내부로 향했다.

한시민과 황제 간 세기의 내기!

그리고 저 멀리 아인 왕국에서 진행되는 정설아와 강예슬 2차 내기의 끝을 볼 차례였다.

6

너무나 당연하게도 한시민은 내기를 위해 반지를 15강 할 생각 따윈 눈곱만큼도, 아니, 개미의 발톱 때만큼도 없었다.

이 모든 여정의 시작은 축복의 반지였고 가치를 생각해 봐도 반지 나고 성수 나지, 성수 나고 반지 나진 않는다.

무엇보다 희귀성!

성수야 최악의 상황에 내기에서 진다 해도 공주를 구해주었기에 황제가 진짜 노예로 쓸 리가 없고 이미 그의 마음도 확인한 상태기에 편한 마음으로 다시 15강을 만들면 그만이다.

필요 없다고 할지도 모르고.

그러니 성수를 제물로 던질지언정 반지를 제물이라 생각할 수가 없는 것!

해서 반지를 먼저 강화할 생각이었다.

이미 저주의 성역이 터진 전과가 있지 않은가!

얼마 되지 않는 실패 확률마저도 성역을 제물로 메울 수 있을 것만 같다.

“성수 강화는 이제 하지 않아도 되는데?”

“……에?”

하나 그런 한시민의 귓가에 믿을 수 없는 목소리가 들려왔다.

근엄 진지한 황제의 확언!

“공주가 저주에서 풀렸으니 내기는 내가 진 걸로 마무리하겠다.”

아니, 이게 무슨 개소리요!

언뜻 듣기엔 환호를 해도 모자랄 정도의 호의지만 인상이 절로 찌푸려졌다.

“안 돼요!”

동시에 그를 만류했다.

어울리지 않게 제발 그러지 마.

자연스럽게 이상하다는 눈빛이 쏟아졌고 황급히 변명했다.

“아니, 그러니까 제 말은, 내기는 내기고 또 이왕 최상급 성수를 들이켠 거 마지막엔 15강 최상급 성수 한번 마셔봐야죠. 혹시 또 몰라요? 아직 몸에서 떠나지 않은 저주의 잔재들이 씻겨 나갈지?”

“이미 별궁에서 나온 것만으로 풀린 것 같다만.”

“아뇨! 절대!”

강한 부정!

그리고 공주를 훑는 한시민의 눈빛!

절대 공주가 저런 모습일 리가 없어. 암, 뭔가 숨겨진 모습이 더 있을 거야. 그걸 내가 꼭 찾아주겠어!

왠지 모를 의무감에 불타는 한시민을 보며 공주가 웃으며 말했다.

"그렇게 하도록 해주세요, 아바마마."

"그러지."

묻지도 따지지도 않고 통과되는 그녀의 말!

곧장 명당으로 향했다.

고작 몇 걸음을 두고 얼마나 애태웠던가!

"크흐."

시간 끌지 않고 모루를 꺼낸 뒤 의식과 제물을 확인한다.

레전더리 등급 아이템의 15강!

결코 쉬울 리 없기에 몸이 알아서 긴장했다.

당장 명당부터도 사람 진을 빠지게 만드는 만큼 어쩌면 당연한 수순.

"……!"

하나 제물은 생각보다 단순했다.

아니, 단순한 수준이 아니었다.

고작 하나!

짧고 굵은 제물!

시선이 절로 황제에게 돌아갔다.

동시에 막말을 퍼붓던 한시민은 사라지고 비굴한 미소를

장착한 그가 웃었다.
"저기 폐하."
"……?"
"죄송한데 아까 제가 한 말 그냥 못 들은 걸로 해주시면 안 되겠죠?"
"무슨 말?"
"이왕이면 15강 성수 마시는 게 좋다고 한 거. 쓸데가 좀 생겨서요."
"……."
15강 축복의 반지에 필요한 제물은 15강 최상급 성수!
베타고의 농간인지 혹은 제물을 선정할 때 한시민의 보유 아이템을 기준으로 선택되는 건지 몰라도 결과는 바뀌지 않는다.
반지를 강화할 것이고 그를 위해 성수가 필요하다!
황제가 어이없는 웃음을 흘렸다.
그는 바보가 아니다.
당연히 그 말에 담긴 뜻을 금방 눈치챌 수 있었다.
"창고에서 반지를 강화하더니, 원래 목적은 그것이었군."
"필요하시다면 하나 더 만들어 드리겠습니다."
"……공주의 생각은 어떠한가."
"은인께서 필요하시다면 전 괜찮습니다."
정말 마음 하난 끝내주게 예쁘네.

저주의 폐해로 몰골은 여전히 안쓰러울 정도지만 괜히 예뻐 보인다.

"좋다. 소원 하나를 까는 대신 용서해 주지."

"감사합니다!"

덕분에 황제의 용서도 받았고.

소원 하나야, 축복의 반지 15강 하는 데 들어간다면 전혀 아깝지 않다.

"그럼……."

남은 건 반지 15강이구나.

기쁜 마음으로 반지를 빼내고 성수를 올렸다.

"……."

그리고 깨달았다.

"저기 폐하."

"참 모험가란 신기하면서도 귀찮군. 바라는 게 참 많아."

"……."

15강 성수에도 제물이 필요하다는 걸.

당당히 철면피 15강을 착용한 뒤 민망한 듯 웃었고 다행히 레어 등급에 레벨 제한도 높지 않아 쉽게 구할 수 있는 제물이기에 황제도 그냥 내주었다.

그와 함께.

['시민' 님께서 '+15 최상급 성수' 강화에 성공했습니다!]

[15강 성공 횟수: 4]

한시민이 아닌 강화사에겐 절대 불가능한 제물이 완성되었고.

['시민' 님께서 '+15 축복의 반지' 강화에 성공했습니다!]
[15강 성공 횟수: 5]
[칭호 '전설의 전설을 강화하다!'를 획득했습니다.]
[최초의 레전더리 아이템 15강을 달성했습니다.]
[레벨이 올랐습니다.]
[레벨이 올랐습니다.]
[레벨이 올랐습니다.]
[최초의 신화 업적! 스탯 포인트(50)를 획득했습니다.]
['+15 축복의 반지'가 '+15 선택의 축복의 반지'로 진화합니다.]
['+15 선택의 축복의 반지'에 특수 옵션이 추가됩니다.]
['+15 선택의 축복의 반지'가 선택을 요청합니다.]

"응?"
두 개의 홀로그램이 시야를 가렸다.
뭐야, 이건?
잘 나가다가 등장하는 변수에 멈칫한다.
물론 그럴 수 있다. 한시민이 만든 게임이 아니니까.

베타고가 무슨 생각하는지 도통 알 수 없고 특히 베일에 싸인 레전더리 등급의 직업의 비밀은 더더욱 그렇다.
해서 태연히 받아들이기로 했다.
닥치는 상황들만 잘 넘기면 큰 문제는 없기에!
"지원, 독점."
흠.
나타난 두 개의 홀로그램은 상반된 느낌의 단어를 제시하며 선택을 요구했다.
다행히 주어진 시간은 없기에 마음껏 고민할 수 있었고 추리를 시작했다.
딱히 추리랄 것도 없었지만.
'반지가 이런 식으로도 진화하는 건가?'
뒤에 나타난 홀로그램들은 전부 축복의 반지를 15강 하며 나타난 것들이니 당연히 변화에 따른 현상으로밖에 볼 수 없다.
게다가 진화에 특수 옵션까지 붙었으니 그럴 확률이 더 커졌고.
다른 아이템들엔 왜 이런 게 안 나오나 의심할 필요도 없다.
애초에 급이 다르니까!
'레전더리니까'라는 말 하나로 모든 게 설명 가능하다.
그렇기에 개연성 따윈 개나 줘버리고 고민하기 시작했다.
뭘 선택해야 할까.

결국 중요한 건 어떤 선택이 팔아먹는 데 가치를 올려줄 것이냐.

'지원은 다른 사람을 돕는 거 같고, 독점은 혼자 다 처먹는 거고.'

반지 자체가 경험치 옵션이 붙은 것이니 이를테면 다 함께 경험치를 더 많이 먹을 것이냐, 혹은 혼자 잔뜩 처먹을 것이냐의 차이지 않을까.

"나라면……."

당연히 독점을 택한다.

일단 자기가 잘 먹고 잘 살아야 남을 챙길 것 아닌가!

게다가 한시민 인성에 남을 돕는 선택이라니. 말도 안 된다.

"……설아 씨는 어떻게 생각하려나."

하나 중요한 건 그의 의견이 아닌 구매자들의 의견!

한두 푼 하는 물건도 아니고 고객 맞춤 서비스까지 제공할 수 있게 된 마당에 무엇을 망설이랴!

곧바로 길드 대화를 켰다.

"여보세요?"

잠깐의 텀.

그리고 들려오는 굵직한 목소리.

-너, 별로 친하지도 않은 여자들이 갑자기 옷 벗고 개처럼 기어 다니면서 짖거나 하는 걸 즐기는 그런 변태는 아니지?

“……예?”

이건 뭔 개뼈다귀 같은 소리래.

가장 먼저 들리는 목소리가 정현수인 것도 상당히 마음에 들지 않는데 이상한 소리까지 하고 있다.

—빨리 대답해 봐.

하나 정현수는 노골적인 반응에도 개의치 않고 물었다.

양자택일의 질문을 던졌지만 마치 대답은 이미 정해져 있으니 답만 하라는 느낌의 압박!

“음.”

하지만 한시민은 그런 거에 휘둘릴 줏대 없는 남자가 아니다.

이런 영양가 없는 질문에 답하려고 길드 대화를 켠 게 아니지만 급해 보이니 일단 생각은 해보았다.

“예뻐요?”

—……하나는 연예인 뺨치게 예쁘고 하나는 그냥 꼬맹이다.

“어째 설아 씨하고 예슬이 같은 느낌이 팍팍 오는데 제 오해겠죠?”

—닥치고 대답이나 해봐.

왜 그 두 사람이 가장 먼저 떠오르는지 몰라도 두 여자가 그의 앞에서 발가벗고 그런 짓을 할 리가 없기에 지우고 생각해봤다.

“뭐, 예쁘면 나쁘지 않네요.”

—…….

아니, 예쁘다는 것에서 이미 답은 정해진 셈!

"정신 나간 여자도 아니고 왜 그런 짓을 하는지는 모르겠지만 남자 입장에서야 뭐, 땡큐죠. 돈 내는 것만 아니면."

—…….

정현수는 말이 없었다.

뭐지?

의문이 들었지만 대충 넘겼다.

그게 중요한 게 아니니까!

"설아 씨 있어요?"

—……네.

듣고 있었다는 듯 망설이며 등장하는 목소리!

쇠를 긁는 목소리에 칙칙한 남자 목소리만 듣다 그녀의 목소리를 들으니 귀가 정화되는 기분!

절로 올라가는 입꼬리를 자유분방하게 풀어 놓으며 물었다.

"반지 15강 한 거 보셨죠?"

—……네, 축하드려요.

"고마워요. 그런데 문제가 좀 생겨서요?"

—무슨 문제요?

"그전에 먼저 확실하게 사시긴 하실 거죠?"

—예, 당연하죠.

힘이 좀 없어 보였지만 대답할 때만큼은 확신이 가득했다.

역시!

만족스러운 미소와 함께 현재 닥친 비밀을 공유했다.

"사실 프리미엄 옵션이긴 한데, 운이 좋으셔서 터졌네요. 반지의 옵션을 선택하실 수 있으세요."

─옵션을요?

"네, 지원과 독점. 두 가지 형태가 있는데 옵션의 종류는 어떤 건지 대충 아시겠죠?"

─……설마 옵션이 공유된다는 건가요?

운이 좋아 터진 상황마저도 돈 받고 팔아먹는 뻔뻔함!

개의치 않는 정설아는 다른 것에 놀랐다.

"공유는 아니고 예슬이 지팡이처럼 오라로 주변 유저들에게 도움을 주는 식이 아닐까요?"

─그럼 옵션은…….

"아마 독점보단 떨어지겠죠."

확실한 건 1%도 없다.

하나 장사꾼의 다른 말은 사기꾼!

일단 입부터 털고 본다.

아니면 그때 가서 말을 바꾸면 되니까!

게다가 틀린 말하는 것도 아니다.

대충 그런 식이겠지. 베타고가 생각이 있다면.

"저 같은 경우엔 독점으로 하는 게 나아 보이긴 하는데. 설아 씨가 사실 거니 물어보는 게 낫다 싶어서요."

—아!

정설아는 잠시 말이 없었다.

나머지 둘과 상의하는 중이겠지.

묵묵히 기다려 주었다.

24시간 동안의 망치질도 견뎠는데 이런 행복한 기다림쯤 이야!

—저흰 지원 쪽으로 선택할게요.

"그러실 줄 알았어요."

기다림 끝 들려온 대답은 한시민의 선택과는 달랐다.

머릿속엔 왜 그런 선택을 하는지에 대한 의문이 가득 했지만 입 밖으로 내뱉는 멍청한 짓은 하지 않았다.

손님은 왕이니까!

아니, 돈 많이 주는 손님은 주인님이다.

"그럼 지원 쪽으로 선택할게요. 아시겠지만 선택 후에는 꼭 사셔야 해요."

—얼마든 살 수 있으니 꼭 저희한테 팔아주세요.

"당연하죠. 조금 있다가 다시 연락드릴게요."

—네, 아! 시민 씨.

"네?"

—……혹시 주소 좀 알 수 있을까요?

"예?"

뭐야 이건 또? 갑자기 웬 주소?

정현수가 뜬금없이 개소리를 해댈 때와는 다른 온갖 생각이 머릿속을 휘젓는다.

그만큼 정설아는 매력적이고 예쁘다. 그런 여자가 이런 질문을 할 때엔 이유가 있는 법!

한시민도 남자기에 김칫국을 좀 마셨다.

"그린 라이트?"

—풉. 뭐, 영 아닌 건 아닌데 길드에 가입하셨는데 현실에서도 한번 봬야 하지 않을까 싶어서요.

"아아."

그런 건가?

아쉽긴 하지만 딱히 비밀도 아니고 말해주지 않을 이유도 없기에 술술 불었다.

—하아아.

—하아.

주소를 들은 정설아와 잊고 있던 꼬맹이 강예슬의 깊은 한숨까지 들린 것 같지만 그보단 빨리 눈앞의 홀로그램을 치우고 싶은 마음이 애써 무시했다.

해서 바로 홀로그램을 선택했다.

"지원."

['+15 선택의 축복의 반지'가 '+15 헌신하는 축복의 반지'로 진화

합니다.]

그럴듯한 이름을 가진 반지로 번데기를 벗어 버리는 축복의 반지!

[레전더리 직업 '전설의 레전드 강화사'의 숨겨진 옵션이 발동됩니다!]

['+15 헌신하는 축복의 반지'에 스페셜 옵션이 추가됩니다!]

그리고 또 한 번 그를 불안하게 만드는 홀로그램의 등장!

'스페셜 옵션?'

뭔가 스펙터클하고 번쩍거릴 것만 같은 느낌이 벌써부터 팍팍 오지만 그전에 등장한 레전더리 직업의 숨겨진 옵션이라는 단어는 상당히 거슬린다.

애초에 전직부터 레전더리 직업의 혜택은 단 한 번도 받아보지 못했을뿐더러 오히려 욕 나오는 페널티들만 잔뜩 쌓여가고 있었기에.

"설마."

물론 이번에도 그러리란 보장은 없기에 너무 고정관념 갖고 보진 않기로 했다.

원래 무엇이든 편협한 시야로 낙인찍어 버리면 그러지 않은 것이라도 그렇게 변하는 법!

항상 좋은 말과 생각만 하다 보면 레전더리 직업도 언젠간 그에게 큰 도움이 되는 날이 오리라!

그 시작이 오늘이면 더 좋고.

기대 듬뿍한 마음으로 반지를 확인했다.

적어도 10억, 아니, 희귀성과 강화 후 옵션, 또 마지막에 붙은 헌신이라는 접두사의 가치를 생각해 보면 30억 이상은 받을 수 있지 않을까.

세상 부자들이 다 몰리는 판타스틱 월드임을 생각해 더 버티다 보면 그보다 많은 금액을 받을 수 있을 수도 있다.

[+15 헌신하는 축복의 반지]

* 등급: Special Epic Legendary
* 착용 레벨: 1
* 옵션 1: 획득 경험치 +30%(+30%)
* 옵션 2: '짙은 붉은 오라' 효과 적용
  –'레어' 등급 이상 아이템 드롭 확률 +20%
  –레벨 차이 10 이상 몬스터 처치 시 추가 경험치 +5%
  –스페셜 오라 적용 대상당 경험치 보너스 +1%(최대 20)
* 특수 옵션 1: 네임드 몬스터 처치 시 추가 경험치 +50%(+50%)
* 특수 옵션 2: '헌신하는' 스페셜 오라 효과 적용
  –아이템의 모든 옵션이 반경 10M 이내의 대상들에게 적용됨
  –단, 착용자는 아이템의 효과를 볼 수 없음

* 스페셜 옵션 1: 내구도 무한, 파괴 불가
* 스페셜 옵션 2: 귀속 각인(시민) 효과로 사망 시 드롭 되지 않음

"……."

찬란하게 아름답다.

현존하는 판타스틱 월드의 아이템들 중, 아니, 앞으로도 이보다 나은 아이템이 나올까 의문이 들 정도로 멋지고 환상적이다.

다 제외하고 옵션 1에 붙은 경험치 60% 효과만으로도 사겠다고 차를 팔고 집을 팔 유저들은 줄을 설 테니까.

그뿐이랴.

거기서 끝나지 않고 오라의 효과는 그 가치를 곱절로 불려버린다.

게임의 꽃!

레이드에서 네임드 몬스터를 처치할 경우 2배의 경험치를 추가적으로 먹는다니.

앞으로 게임의 전개가 어찌 될지 모르겠지만 무슨 짓을 해도 안 좋을 수가 없다.

스페셜 오라 적용 대상의 수가 늘수록 추가되는 경험치 보너스야 말할 것도 없고.

옵션들 하나하나가 정말 과장을 보태지 않고 억을 불러도

과하지 않다.

그것들이 한곳에 모여 있으니 가치는 더해질 테고.

화룡점정으로 '지원'을 선택해 붙은 접두사 '헌신하는'의 스페셜 오라는 이 아이템의 사기성을 온 세상에 알리는 결정적인 역할을 한다.

비록 본인이야 효과를 보지 못한다고 하지만 길드 입장에선?

한 사람만 '헌신'한다면 적어도 수십 이상의 유저가 보다 빠르게 성장할 수 있다.

그들이 모두 한 길드 소속이라면 다른 유저들 입장에선 끔찍하게 느껴질 수밖에.

마무리로 직업의 숨겨진 옵션까지.

내구도 무한, 파괴 불가.

평생 아이템이라는 낙인!

정말 흠잡을 데가 티끌만큼도 없는 아이템이다.

"……시바."

마지막 스페셜 옵션만 아니었다면.

"으아아아아아악! 이게 뭐야!"

아니, 마지막 옵션도 결코 나쁜 게 아니다.

귀속도 좋고 각인도 좋다. 사망 시 드롭되지 않는다는 옵션은 수십억짜리 아이템을 사는 유저에게 어쩌면 가장 간절한 옵션일 수도 있으니까.

실제로 모 게임에서 억 단위의 무기를 노리고 단체로 PK해 강탈한 사례가 있지 않은가!

문제는 앞에 두 글자다.

"누구 맘대로 나한테 귀속이야!"

그럴듯한 전개이긴 하다.

스페셜 옵션 자체가 전설의 레전드 강화사라는 직업의 숨겨진 옵션에 의해 생겼고, 기원을 따져 보자면 욕심쟁이 강화사가 지한테 좋은 레전더리 아이템을 각인해서 평생 안전하게 갖고 싶었을 수도 있으니까. 실제로 손해가 아니기도 하고.

팔 생각만 없었어도 한시민 역시 아주 좋은 옵션을 숨겨놨다며 기뻐했을 테니까.

하지만 아주 작고 사소한, 그러면서 그게 전부인 이유가 발목을 잡네.

"……."

팔지 못하는 아이템.

눈앞에서 수십억이 날아가는 기분을 아는가!

비통함이 눈에서 뚝뚝 떨어진다.

"와…… 나, 씨."

재수가 없으려니 이렇게도 없구나.

"나가 뒤질까."

한강 물은 따뜻하려나.

아아, 인생 별거 없구나.

내 집, 내 차!

다 날아가 버렸다.

"허, 허허허."

동시에 더 어이없는 사실을 인지해 버렸다.

워낙 황당한 일들이 겹경사로 펑펑 터지느라 잠시 잊고 있었지만…….

"헌신은 개뿔. 으아아악!"

정작 귀속되어버린 아이템의 효과를 당사자는 못 받는다는 것!

평생 혼자 먹고살지언정 기부나 베풂이라는 단어는 결코 인정하지 않는 한시민에게 닥친 천벌!

"아몰랑, 안 해. 술 마실 거야."

좌절하며 현실로 로그인했다.

수십 가지 우연이 겹치며 벌어진 대참극은 그렇게 끝맺었다.

to be continued

잘은 모르겠지만 과거로 돌아왔다.

최단 기간, 최고 속도 레벨 업, 노블레스 등급 클리어.
생각지 못했던 행운들에 시스템상 주어지는 위대한 이름,
앰플러스 네임까지.

모든 게 좋았다.
사랑했던 여자도 이젠 지킬 수 있을 것 같았다.

[앰플러스 네임 '빛의 성웅'이 성립됩니다.]

그런데 뭐냐. 이 요상한 이름은……?
나 그런거 아닌데. 아 진짜. 아니라니까요.